O GUIA DO MOCHILEIRO DAS GALÁXIAS

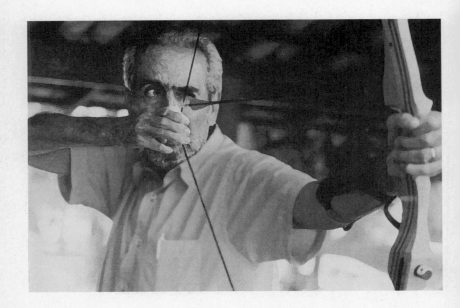

O Arqueiro

GERALDO JORDÃO PEREIRA (1938-2008) começou sua carreira aos 17 anos, quando foi trabalhar com seu pai, o célebre editor José Olympio, publicando obras marcantes como *O menino do dedo verde*, de Maurice Druon, e *Minha vida*, de Charles Chaplin.

Em 1976, fundou a Editora Salamandra com o propósito de formar uma nova geração de leitores e acabou criando um dos catálogos infantis mais premiados do Brasil. Em 1992, fugindo de sua linha editorial, lançou *Muitas vidas, muitos mestres*, de Brian Weiss, livro que deu origem à Editora Sextante.

Fã de histórias de suspense, Geraldo descobriu *O Código Da Vinci* antes mesmo de ele ser lançado nos Estados Unidos. A aposta em ficção, que não era o foco da Sextante, foi certeira: o título se transformou em um dos maiores fenômenos editoriais de todos os tempos.

Mas não foi só aos livros que se dedicou. Com seu desejo de ajudar o próximo, Geraldo desenvolveu diversos projetos sociais que se tornaram sua grande paixão.

Com a missão de publicar histórias empolgantes, tornar os livros cada vez mais acessíveis e despertar o amor pela leitura, a Editora Arqueiro é uma homenagem a esta figura extraordinária, capaz de enxergar mais além, mirar nas coisas verdadeiramente importantes e não perder o idealismo e a esperança diante dos desafios e contratempos da vida.

O Guia do Mochileiro das Galáxias

Douglas Adams

Ilustrações de Chris Riddell

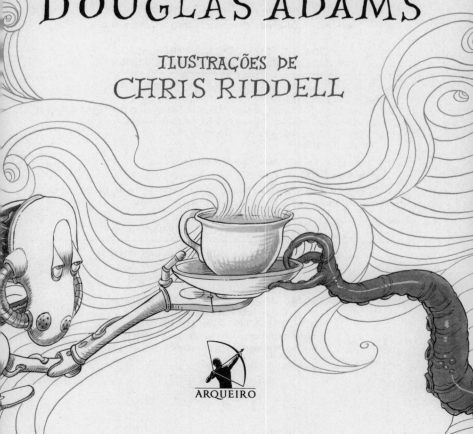

Título original: The Hitchhiker's Guide to the Galaxy
copyright © 1979 por Completely Unexpected Productions Ltd.
copyright © 2021 por Macmillan Children's Books, um selo da Pan Macmillan
Copyright da introdução © 1986 por Douglas Adams
Copyright das ilustrações de capa e miolo © 2021 por Chris Riddell
Copyright da tradução © 2004, 2005, 2006, 2020 e 2021 por
Editora Arqueiro Ltda.

Todos os direitos reservados. Nenhuma parte deste livro pode ser
utilizada ou reproduzida sob quaisquer meios existentes sem autorização
por escrito dos editores.

tradução: Carlos Irineu da Costa, Marcia Heloisa Amarante Gonçalves
e Paulo Henriques Britto

coordenação editorial: Alice Dias

revisão: Ana Kronemberger, Luis Américo Costa, Marlon Magno
e Victor Almeida

diagramação: Ana Paula Daudt Brandão

impressão e acabamento: Pancrom Indústria Gráfica Ltda.

CIP-BRASIL. CATALOGAÇÃO NA PUBLICAÇÃO
SINDICATO NACIONAL DOS EDITORES DE LIVROS, RJ

A176g
    Adams, Douglas, 1952-2001
       O guia do mochileiro das galáxias / Douglas Adams ; ilustração Chris Riddell ;
[tradução Carlos Irineu da Costa, Marcia Heloisa Amarante Gonçalves, Paulo
Henriques Britto]. - 1. ed. - São Paulo : Arqueiro, 2021.
       320 p. : il. ; 21 cm.

       Tradução de: The hitchhiker's guide to the galaxy
       ISBN 978-65-5565-132-4

       1. Ficção inglesa. I. Riddell, Chris. II. Costa, Carlos Irineu da. III. Gonçalves,
Marcia Heloisa Amarante. IV. Britto, Paulo Henriques. V. Título.

21-69795
                    CDD: 823
                    CDU: 82-3(410.1)

Camila Donis Hartmann - Bibliotecária - CRB-7/6472

Todos os direitos reservados, no Brasil, por
Editora Arqueiro Ltda.
Rua Funchal, 538 – conjuntos 52 e 54 – Vila Olímpia
04551-060 – São Paulo – SP
Tel.: (11) 3868-4492 – Fax: (11) 3862-5818
E-mail: atendimento@editoraarqueiro.com.br
www.editoraarqueiro.com.br

Sumário

Um guia para o Guia	7
O Guia do Mochileiro das Galáxias	21
Lista de personagens do verso da capa	314
Sobre o autor	316
Sobre o ilustrador	317

Um guia para o Guia

Algumas observações imprestáveis do autor

A história de *O Guia do Mochileiro das Galáxias* ficou tão complicada que eu me contradigo sempre que a conto, e, quando finalmente acerto, alguém repete errado. Então a publicação desta edição parece uma boa oportunidade para botar os pingos nos is — ou pelo menos nos jotas. Se alguma coisa sair errado desta vez, vai ficar errado para sempre.

A ideia do título pipocou na minha cabeça pela primeira vez quando eu estava caído, bêbado, no meio de um campo em Innsbruck, na Áustria, em 1971. Não particularmente bêbado, só com a tonteira que dá quando alguém toma um par de Gössers fortes depois de ter passado dois dias seguidos sem comer nada, em função de ser um mochileiro duro. Tratava-se de uma ligeira incapacidade de ficar em pé.

UM GUIA PARA O GUIA

Eu estava viajando com um exemplar muito surrado do *Hitchhiker's Guide to Europe* (O guia do mochileiro pela Europa), de Ken Walsh, que eu tinha pegado emprestado com alguém. Na verdade, como isso foi em 1971 e eu ainda tenho o livro, agora já pode ser considerado roubado. Eu não tinha um exemplar de *Europe on Five Dollars a Day* (Na Europa com 5 dólares por dia) porque não estava nesse patamar financeiro.

A noite começava a cair no campo enquanto ele girava vagarosamente embaixo de mim. Eu estava pensando aonde poderia ir que fosse mais barato que Innsbruck, rodopiasse menos e não fizesse comigo o tipo de coisa que Innsbruck tinha feito naquela tarde. O que aconteceu foi o seguinte: eu tinha caminhado pela cidade tentando achar um endereço específico e, como estava fatalmente perdido, parei para pedir informações a um homem na rua. Eu sabia que talvez não fosse fácil, porque não falo alemão, mas fiquei surpreso ao constatar o tamanho da dificuldade que eu estava tendo para me comunicar com aquele homem específico. A verdade que se revelou gradativamente para mim enquanto tentávamos em vão compreender um ao outro foi que, de todas as pessoas em Innsbruck que eu poderia ter abordado para perguntar, o indivíduo que eu havia escolhido não falava inglês, não falava francês e era também surdo e mudo. Com uma série de gestos sinceros com as mãos para pedir descul-

UM GUIA PARA O GUIA

pas, desenrolei-me e, alguns minutos depois, em outra rua, abordei outro homem, que também era surdo e mudo – e foi aí que comprei as cervejas.

Voltei a me aventurar rua afora. Tentei de novo.

Quando o terceiro homem com quem falei se revelou surdo e mudo – e ainda por cima cego –, comecei a sentir um peso terrível se acomodando nos meus ombros; para todo lado que eu olhava, as árvores e os prédios assumiam um aspecto sinistro e ameaçador. Fechei bem meu casaco em volta do corpo e me esgueirei às pressas pela rua, sacudido por uma ventania súbita. Esbarrei em alguém e pronunciei um pedido de desculpas gaguejante, mas o sujeito era surdo, mudo e incapaz de me entender. O céu baixou. O asfalto pareceu se entortar e girar. Se nessa hora eu não tivesse entrado por acaso em uma viela e passado por um hotel onde estava acontecendo um evento para surdos, é bem possível que minha mente tivesse se desintegrado de vez e eu passasse o resto da vida babando e escrevendo o tipo de livro que fez a fama de Kafka.

Daí que fui parar deitado em um campo, com meu *Hitchhiker's Guide to Europe*, e quando as estrelas apareceram me ocorreu que, se alguém tivesse escrito um *Guia do Mochileiro das Galáxias*, eu pelo menos poderia ir voando. Depois de pensar isso, logo peguei no sono e esqueci tudo por seis anos.

UM GUIA PARA O GUIA

Fui para a Universidade de Cambridge. Tomei alguns banhos e saí de lá com um diploma em Letras. Eu pensava muito em garotas e no que tinha acontecido com minha bicicleta. Mais tarde, virei escritor e trabalhei em muita coisa que quase fez um sucesso incrível, mas que na verdade acabou não dando em nada. Outros escritores vão entender.

Meu projeto de estimação era escrever algo que combinasse comédia e ficção científica, e foi essa obsessão que me lançou em um poço de dívidas e desespero. Ninguém tinha interesse nisso, exceto, finalmente, um homem: um produtor de rádio da BBC chamado Simon Brett, que tinha tido a mesma ideia de misturar comédia e ficção científica. Embora Simon só tenha produzido o primeiro episódio do programa antes de sair da BBC para se concentrar em seus próprios escritos (ele é mais conhecido nos Estados Unidos por seus excelentes livros de mistério com Charles Paris), tenho uma imensa dívida de gratidão só de ele ter feito a coisa acontecer. Ele foi sucedido pelo lendário Geoffrey Perkins.

Na forma original, o programa ia ser bem diferente. Eu estava me sentindo meio insatisfeito com o mundo na época e tinha preparado uns seis enredos, e cada um deles terminava com a destruição do mundo de um jeito diferente, e por motivos distintos. O título ia ser *Os fins da Terra*.

Enquanto eu completava os detalhes da primeira trama

10

UM GUIA PARA O GUIA

– em que a Terra era demolida para abrir espaço para uma nova via expressa hiperespacial –, percebi que eu precisava de alguém de outro planeta que pudesse falar para o leitor o que estava acontecendo e fornecer o contexto que a história exigia. Então eu tinha que resolver quem era esse sujeito e o que ele estava fazendo na Terra.

Decidi chamá-lo de Ford Prefect. (Essa era uma piada que não fez o menor sentido para os ouvintes americanos, já que eles nunca tinham ouvido falar do carrinho com esse nome esquisito, e muitos acharam que fosse um erro de digitação da palavra *Perfect*, perfeito em inglês.) Expliquei no texto que a pesquisa irrisória que meu personagem alienígena tinha feito antes de chegar a este planeta o levara a crer que esse nome seria "belamente discreto". Ele só havia se enganado quanto à espécie dominante.

Então como esse erro aconteceria? Lembrei que, quando eu mochilava pela Europa, era comum receber informações ou conselhos desatualizados ou equivocados em algum sentido. A maioria, claro, vinha de relatos que outras pessoas faziam de suas experiências de viagem.

A essa altura, o título *O Guia do Mochileiro das Galáxias* pulou de repente na minha cabeça de novo, saído sabe-se lá de que buraco em que ficou escondido esse tempo todo. Decidi que Ford seria um pesquisador que juntava informações para esse guia. Assim que comecei a desenvolver essa

UM GUIA PARA O GUIA

noção específica, ela se deslocou inexoravelmente para o centro da trama, e o resto, como diria o criador do Ford Prefect original, é bobagem.

A história cresceu de um jeito extremamente convoluto, o que deve surpreender muita gente. Como eu estava escrevendo em episódios, sempre terminava um roteiro sem ter a menor ideia do que haveria no seguinte. Quando, nas idas e vindas da trama, acontecia algo que de repente iluminava momentos que já tinham passado, eu ficava tão surpreso quanto todo mundo.

Acho que a postura da BBC em relação ao programa na época em que ele estava em produção foi muito semelhante à que Macbeth tinha quanto a matar pessoas — dúvidas iniciais, seguidas de um entusiasmo cauteloso, e depois mais e mais inquietação diante da dimensão do ato (sem fim à vista). Os boatos de que Geoffrey, os técnicos de som e eu passávamos semanas a fio enterrados em um estúdio subterrâneo, demorando para produzir um único efeito sonoro o tempo que outras pessoas levavam para produzir uma série inteira (e roubando de todo mundo o tempo de estúdio para fazê-lo), eram rejeitados vigorosamente, embora fossem absolutamente verdadeiros.

O orçamento da série cresceu a ponto de praticamente dar conta de bancar alguns segundos de *Dallas*. Se o programa não tivesse funcionado...

12

UM GUIA PARA O GUIA

O primeiro episódio foi ao ar na BBC Radio 4 às 22h30 de 8 de março de 1978, quarta-feira, com um estrondo imenso de propaganda nula. Morcegos ouviram. Um ou outro cachorro latiu.

Depois de algumas semanas, chegou uma carta. Então... alguém no mundo tinha escutado! Aparentemente, as pessoas com quem eu falava gostaram de Marvin, o Androide Paranoide, personagem que eu tinha incluído para servir de piada em uma cena e que só desenvolvi mais por insistência de Geoffrey.

Aí alguns editores ficaram interessados, e a Pan Books, na Inglaterra, me encomendou a série em forma de livro. Depois de procrastinar muito, me esconder, inventar desculpas e tomar banhos, consegui terminar mais ou menos dois terços do negócio. A essa altura, eles disseram, com muita simpatia e educação, que eu já havia furado dez prazos, então que por favor terminasse a página que eu estava escrevendo e os deixasse pegar aquele diacho.

Enquanto isso, eu estava ocupado tentando escrever outra série, e também compunha e editava roteiros para a série de TV *Doctor Who*, porque, ainda que fosse muitíssimo interessante ter sua própria série de rádio, especialmente uma que alguém tinha mandado uma carta para dizer que escutou, não chegava a pagar o almoço.

Então a situação era mais ou menos essa quando o livro

UM GUIA PARA O GUIA

O Guia do Mochileiro das Galáxias foi publicado na Inglaterra, em setembro de 1979, apareceu em primeiro lugar na lista de mais vendidos do *Sunday Times* e continuou lá. Obviamente, alguém tinha escutado.

Foi aí que as coisas começaram a complicar, e foi isso que me pediram para explicar nesta introdução. O *Guia* apareceu em tantas formas – livros, rádio, uma série de televisão, discos e até um filme –, sempre com uma trama diferente, que às vezes confundia até os seguidores mais fiéis.

Então aqui vou destrinchar as versões diferentes – sem incluir as diversas adaptações para o teatro, que não foram vistas fora do Reino Unido e só complicam ainda mais a história.

A série radiofônica começou na Inglaterra em março de 1978. A primeira temporada consistia em seis programas, ou "peças", como chamavam antigamente. Peças 1 a 6. Fácil. Depois, no mesmo ano, foi gravado e transmitido mais um episódio, tipicamente conhecido como episódio de Natal. Não continha absolutamente nenhuma referência ao Natal. Ele foi chamado de episódio de Natal porque foi transmitido no dia 24 de dezembro, que não é o Natal. Depois disso, as coisas foram ficando cada vez mais enroladas.

No outono de 1979, o primeiro livro do *Guia* foi publicado na Inglaterra, com o título *O Guia do Mochileiro das Galáxias*. Era uma versão consideravelmente ampliada

14

UM GUIA PARA O GUIA

dos quatro primeiros episódios da série radiofônica, em que alguns dos personagens se comportavam de um jeito completamente distinto e outros se comportavam exatamente do mesmo jeito, mas por motivos completamente distintos, o que dá no mesmo mas dispensa a necessidade de reescrever diálogos.

Mais ou menos na mesma época, saiu um disco duplo que, por sua vez, era uma versão ligeiramente abreviada dos quatro primeiros episódios da série radiofônica. Essas não eram as mesmas gravações das transmissões originais, e sim gravações totalmente novas com roteiro praticamente idêntico. Foi feito assim porque tínhamos usado discos de gramofone para as músicas de fundo, o que funciona no rádio, mas em um álbum comercial é impossível.

Em janeiro de 1980, foram transmitidos cinco episódios novos da série na BBC Radio, tudo em uma semana, levando o total de episódios a doze.

No outono de 1980, o segundo livro do *Guia* foi publicado na Inglaterra, mais ou menos na mesma época em que a Harmony Books publicou o primeiro nos Estados Unidos. Era uma versão consideravelmente revista, reeditada e abreviada dos episódios 7, 8, 9, 10, 11, 12, 5 e 6 (nessa ordem) da série radiofônica. Caso isso tenha parecido simples demais, o livro foi chamado de *O Restaurante no Fim do Universo*, porque incluía material do episódio 5

15

UM GUIA PARA O GUIA

da série radiofônica, que se passava em um restaurante chamado Milliways, também conhecido como "O Restaurante no Fim do Universo".

Mais ou menos na mesma época, foi feito um segundo disco com uma versão bastante reescrita e ampliada dos episódios 5 e 6 da série radiofônica. Esse álbum também foi chamado de *O Restaurante no Fim do Universo.*

Enquanto isso, uma série de seis episódios do *Guia* para a televisão foi produzida pela BBC e transmitida em janeiro de 1981. Ela se baseava, mais ou menos, nos seis primeiros episódios da série radiofônica. Em outras palavras, ela incorporava a maior parte do livro *O Guia do Mochileiro das Galáxias* e a segunda metade de *O Restaurante no Fim do Universo.* Portanto, embora seguisse a estrutura básica da série radiofônica, ela incorporava revisões dos livros, que não seguia.

Em janeiro de 1982, a Harmony Books publicou *O Restaurante no Fim do Universo* nos Estados Unidos.

No verão de 1982, um terceiro livro do *Guia* foi publicado simultaneamente na Inglaterra e nos Estados Unidos, chamado *A Vida, o Universo e Tudo Mais.* Esse não se baseava em nada que já tivesse sido ouvido ou visto no rádio ou na televisão. Na verdade, ele contrariava categoricamente os episódios 7, 8, 9, 10, 11 e 12 da série radiofônica. Esses episódios, como você deve lembrar, já haviam sido incorporados de forma revista no livro *O Restaurante no Fim do Universo.*

A essa altura, fui para os Estados Unidos para escrever um roteiro de cinema que divergia completamente de quase tudo que tinha acontecido até então, e, como a produção desse filme depois atrasou (corre um boato de que as filmagens vão começar pouco antes da Última Trombeta), escrevi o quarto e último livro da trilogia, *Até Mais, e Obrigado pelos Peixes!.* Ele saiu na Grã-Bretanha e nos Estados Unidos no outono de 1984 e, na prática, contrariava tudo que tinha saído até então, incluindo ele próprio.

Muita gente me pergunta como sair do planeta, então preparei umas observações breves.

Como sair do planeta

1. Ligue para a NASA. O telefone deles é (1-202) 358-0001. Explique que é muito importante você sair o mais rápido possível.
2. Se eles não colaborarem, ligue para qualquer amigo que você tiver na Casa Branca — (1-202) 456-2121 — para pedir que quebrem seu galho com o pessoal da NASA.
3. Se você não tiver nenhum amigo na Casa Branca, ligue para o Kremlin (dê para a telefonista o número 7495

697-03-49). Eles também não têm nenhum amigo lá (pelo menos nenhum digno de nota), mas parece que têm um pouco de influência, então não custa tentar.

4. Se isso também não der certo, ligue para o Papa e peça conselhos. O número é 39.06.698.83712, e acho que a central dele é infalível.

5. Se todas essas tentativas fracassarem, faça sinal para um disco voador que estiver de passagem e explique que é crucial você sair do planeta antes que a conta do telefone chegue.

Douglas Adams
Los Angeles, 1983, e
Londres, 1985/1986

O GUIA DO MOCHILEIRO DAS GALÁXIAS

Para Jonny Brock, Clare Gorst
e todos os outros Arlingtonianos pelo chá,
pela simpatia e pelo sofá.

ARTHUR DENT

FORD PREFECT

ZAPHOD BEEBLEBROX

TRILLIAN

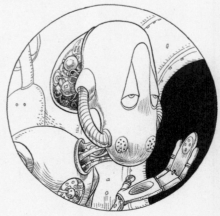

MARVIN

Prólogo

Muito além, nos confins inexplorados da região mais brega da Borda Ocidental desta Galáxia, há um pequeno sol amarelo e esquecido.

Girando em torno deste sol, a uma distância de cerca de 148 milhões de quilômetros, há um planetinha verde-azulado absolutamente insignificante, cujas formas de vida, descendentes de primatas, são tão extraordinariamente primitivas que ainda acham que relógios digitais são uma grande ideia.

Este planeta tem — ou melhor, tinha — o seguinte problema: a maioria de seus habitantes estava quase sempre infeliz. Foram sugeridas muitas soluções para esse problema, mas a maior parte delas dizia respeito basicamente à movimentação de pequenos pedaços de papel colorido com números impressos, o que é curioso, já que em geral não eram os tais pedaços de papel colorido que se sentiam infelizes.

E assim o problema continuava sem solução. Muitas pessoas eram más, e a maioria delas era muito infeliz, mesmo as que tinham relógios digitais.

Um número cada vez maior de pessoas acreditava que havia

sido um erro terrível da espécie descer das árvores. Algumas diziam que até mesmo subir nas árvores tinha sido uma péssima ideia e que ninguém jamais deveria ter saído do mar.

E então, uma quinta-feira, quase dois mil anos depois que um homem foi pregado num pedaço de madeira por ter dito que seria ótimo se as pessoas fossem legais umas com as outras para variar, uma garota, sozinha numa pequena lanchonete em Rickmansworth, de repente compreendeu o que tinha dado errado todo esse tempo e finalmente descobriu como o mundo poderia se tornar um lugar bom e feliz. Dessa vez estava tudo certo, ia funcionar e ninguém teria que ser pregado em coisa nenhuma.

Infelizmente, porém, antes que ela pudesse telefonar para alguém e contar sua descoberta, aconteceu uma catástrofe terrível e idiota, e a ideia se perdeu para todo o sempre.

Esta não é a história dessa garota.

É a história daquela catástrofe terrível e idiota, e de algumas de suas consequências.

É também a história de um livro chamado O Guia do Mochileiro das Galáxias — um livro que não é da Terra, jamais foi publicado na Terra e, até o dia em que ocorreu a terrível catástrofe, nenhum terráqueo jamais o tinha visto ou sequer ouvido falar dele.

Apesar disso, é um livro realmente extraordinário.

Na verdade, foi provavelmente o mais extraordinário dos livros publicados pelas grandes editoras de Ursa Menor — editoras das quais nenhum terráqueo jamais ouvira falar.

O livro não é apenas uma obra extraordinária como também um tremendo best-seller — mais popular que a Enciclopédia celestial do lar, *mais vendido que* Mais cinquenta e três coisas para se fazer em gravidade zero, *e mais polêmico que a colossal trilogia filosófica de Oolon Colluphid,* Onde Deus errou, Mais alguns grandes erros de Deus *e* Quem é esse tal de Deus afinal?

Em muitas das civilizações mais tranquilonas da Borda Oriental da Galáxia, O Guia do Mochileiro das Galáxias *já substituiu a grande* Enciclopédia Galáctica *como repositório-padrão de todo o conhecimento e sabedoria, pois, ainda que contenha muitas omissões e textos apócrifos, ou pelo menos terrivelmente incorretos, ele é superior à obra mais antiga e mais prosaica em dois aspectos importantes.*

Em primeiro lugar, é ligeiramente mais barato; em

segundo lugar, traz na capa, em letras garrafais e amigáveis, a frase NÃO ENTRE EM PÂNICO.

Mas a história daquela quinta-feira terrível e idiota, a história de suas extraordinárias consequências, a história das interligações inextricáveis entre essas consequências e este livro extraordinário — tudo isso teve um começo muito simples.

Começou com uma casa.

1

A casa ficava numa pequena colina bem nos limites de uma vila, isolada. Dela se tinha uma ampla vista das fazendas do oeste da Inglaterra. Não era, de modo algum, uma casa excepcional – tinha cerca de 30 anos, era achatada, quadrada, feita de tijolos, com quatro janelas na frente, cujo tamanho e cujas proporções pareciam ter sido calculados mais ou menos exatamente para desagradar a vista.

A única pessoa para quem a casa tinha algo de especial era Arthur Dent, e assim mesmo só porque ele morava nela. Já morava lá há uns três anos, desde que resolvera sair de Londres porque a cidade o deixava nervoso e irritado. Ele também tinha cerca de 30 anos; era alto, moreno e quase nunca estava em paz consigo mesmo. O que mais o preocupava era o fato de que as pessoas viviam lhe perguntando por que ele parecia estar tão preocupado. Trabalhava na estação de rádio local e sempre dizia aos amigos que era um trabalho bem mais interessante do que eles imaginavam. E era mesmo – a maioria de seus amigos trabalhava em publicidade.

Na noite de quarta-feira tinha caído uma chuva forte, e a estrada estava enlameada e molhada, mas na manhã de quinta um sol intenso e quente brilhou sobre a casa de Arthur Dent pelo que seria a última vez.

Arthur ainda não havia conseguido enfiar na cabeça que o conselho municipal queria derrubá-la e construir um desvio no lugar dela.

Às oito horas da manhã de quinta-feira, Arthur não estava se sentindo muito bem. Acordou com os olhos turvos, levantou-se, andou pelo quarto sem enxergar direito, abriu uma janela, viu um trator, encontrou os chinelos e foi até o banheiro.

Pasta na escova de dentes – assim. Escovar.

Espelho móvel – virado para o teto. Arthur o ajustou. Por um momento, o espelho refletiu um segundo trator pela janela do banheiro. Arthur o reajustou, e o espelho passou a refletir o rosto barbado de Arthur Dent. Ele fez a barba, lavou o rosto, enxugou-o e foi até a cozinha em busca de alguma coisa agradável para pôr na boca.

Chaleira, tomada, geladeira, leite, café. Bocejo.

A palavra *trator* vagou por sua mente, procurando algo com que se associar.

O trator que estava do outro lado da janela da cozinha era dos grandes.

Arthur olhou para ele.

"Amarelo", pensou, e voltou ao quarto para se vestir. Ao passar pelo banheiro, parou para tomar um copo d'água, e depois outro. Começou a desconfiar que estava de ressaca. Por que a ressaca? Teria bebido na véspera? Imaginava que sim. Olhou de relance para o espelho móvel. "Amarelo", pensou, e foi para o quarto.

Ficou parado, pensando. "O bar", pensou. "Ah, meu Deus, o bar." Tinha uma vaga lembrança de ter ficado irritado com algo que parecia importante. Falara com as pessoas a respeito, e na verdade começava a achar que tinha falado demais: a imagem mais nítida em sua memória era a dos rostos entediados das pessoas ao seu redor. Tinha algo a ver com um desvio a ser construído, e ele acabara de descobrir isso. A obra estava planejada há meses, só que ninguém sabia de nada. Ridículo. Arthur tomou um gole d'água. "A coisa ia se resolver; ninguém queria aquele desvio, o conselho estava completamente sem razão. A coisa ia se resolver", pensou ele.

Mas que ressaca terrível. Olhou-se no espelho do armário. Pôs a língua para fora. "Amarelo", pensou. A palavra *amarelo* vagou por sua mente, procurando algo com que se associar.

Quinze segundos depois, Arthur estava fora da casa, deitado no chão, na frente de um trator grande e amarelo que avançava por cima de seu jardim.

DOUGLAS ADAMS

O Sr. L. Prosser era, como dizem, apenas humano. Em outras palavras, era uma forma de vida bípede baseada em carbono e descendente de primatas. Para ser mais específico, ele tinha 40 anos, era gordo e desleixado e trabalhava no conselho municipal. Curiosamente, embora ele desconhecesse este fato, era também descendente direto, pela linhagem masculina, de Gengis Khan, embora a sucessão de gerações e a mestiçagem houvessem misturado de tal modo sua carga genética que ele não possuía nenhuma característica mongol, e os únicos vestígios daquele majestoso ancestral que restavam no Sr. L. Prosser eram uma barriga pronunciada e uma predileção por chapeuzinhos de pele.

Ele não era em absoluto um grande guerreiro: na verdade, era um homem nervoso e preocupado. Naquele dia estava particularmente nervoso e preocupado porque tivera um problema sério com seu trabalho, que consistia em retirar a casa de Arthur Dent do caminho antes do final da tarde.

— Desista, Sr. Dent, o senhor sabe que é uma causa perdida. O senhor não vai conseguir ficar deitado na frente do trator o resto da vida. — Tentou assumir um olhar feroz, mas seus olhos não eram capazes disso.

Deitado na lama, Arthur respondeu:

— Está bem. Vamos ver quem é mais chato.

— Infelizmente, o senhor vai ter que aceitar — disse o Sr.

Prosser, rodando seu chapéu de pele no alto da cabeça. — Esse desvio tem que ser construído e vai ser construído!

— Primeira vez que ouço falar nisso. Por que é que tem que ser construído?

O Sr. Prosser sacudiu o dedo para Arthur por algum tempo, depois parou e retirou o dedo.

— Como assim, "por que é que tem que ser construído"? Ora! — exclamou ele. — É um desvio. É necessário construir desvios.

Os desvios são vias que permitem que as pessoas se desloquem bem depressa do ponto A ao ponto B ao mesmo tempo que outras pessoas se deslocam bem depressa do ponto B ao ponto A. As pessoas que moram no ponto C, que fica entre os dois outros, muitas vezes ficam imaginando o que tem de tão interessante no ponto A para que tanta gente do ponto B queira muito ir para lá, e o que tem de tão interessante no ponto B para que tanta gente do ponto A queira muito ir para lá. Ficam pensando como seria bom se as pessoas resolvessem de uma vez por todas onde é que elas querem ficar.

O Sr. Prosser queria ficar no ponto D. Esse ponto não ficava em nenhum lugar específico, era apenas um ponto qualquer bem longe dos pontos A, B e C. O Sr. Prosser teria uma bela casinha de campo no ponto D, com machados pregados em cima da porta, e se divertiria muito no ponto E, o bar mais próximo do ponto D. Sua mulher, naturalmente, queria uma roseira trepadeira, mas ele queria machados. Ele não sabia por quê. Só sabia que gostava de machados. O Sr. Prosser sentiu seu rosto ficar vermelho ante os sorrisos irônicos dos operadores do trator.

Apoiou o peso do corpo numa das pernas, depois na outra, mas se sentiu igualmente desconfortável com as duas. Era óbvio que alguém havia sido terrivelmente incompetente, e ele pedia a Deus que não fosse ele.

— O senhor teve um longo prazo a seu dispor para fazer quaisquer sugestões ou reclamações, como o senhor sabe — disse o Sr. Prosser.

— Um longo prazo? — falou Arthur. — Longo prazo? Eu só soube dessa história quando chegou um operário na minha casa ontem. Perguntei a ele se tinha vindo para lavar as janelas e ele respondeu que não, vinha para demolir a casa. É claro que não me disse isso logo. Claro que não. Primeiro lavou umas duas janelas e me cobrou cinco pratas. Depois é que me contou.

— Mas, Sr. Dent, o projeto estava à sua disposição na Secretaria de Obras há nove meses.

— Pois é. Assim que eu soube fui lá me informar, ontem à tarde. Vocês não se esforçaram muito para divulgar o projeto, não é verdade? Quer dizer, não chegaram a comunicar às pessoas nem nada.

— Mas o projeto estava em exposição...

— Em exposição? Tive que descer ao porão pra encontrar o projeto.

— É no porão que os projetos ficam em exposição.

— Com uma lanterna.

— Ah, provavelmente estava faltando luz.

— Faltavam as escadas também.

— Mas, afinal, o senhor encontrou o projeto, não foi?

— Encontrei, sim — disse Arthur. — Estava em exibição no fundo de um arquivo trancado, jogado num banheiro fora de uso, cuja porta tinha a placa "Cuidado com o leopardo".

Uma nuvem passou no céu. Projetou uma sombra sobre Arthur Dent, deitado na lama fria, apoiado no cotovelo. Projetou uma sombra sobre a casa de Arthur Dent. O Sr. Prosser a olhou, de cara feia.

— Não chega a ser uma casa particularmente bonita.

— Perdão, mas por acaso gosto dela.

— O senhor vai gostar do desvio.

— Ah, cale a boca! Cale a boca e vá embora, você e a porcaria do seu desvio. Você sabe muito bem que está completamente sem razão.

A boca do Sr. Prosser se abriu e se fechou umas duas vezes, enquanto por uns momentos seu cérebro foi invadido por visões inexplicáveis, porém terrivelmente atraentes: via a casa de Arthur Dent sendo consumida pelas chamas, enquanto o próprio Arthur corria aos gritos do incêndio, com pelo menos três lanças bem compridas enfiadas em suas costas. Visões como essas frequentemente perturbavam o Sr. Prosser e o deixavam nervoso. Gaguejou por uns instantes e depois recuperou a calma.

— Sr. Dent.

— Sim? O que é?

— Gostaria de ressaltar alguns fatos para o senhor. O senhor sabe que danos este trator sofreria se eu deixasse ele passar por cima do senhor?

— O quê?

— Absolutamente zero — respondeu o Sr. Prosser, afastando-se rapidamente, nervoso, sem entender por que seu cérebro estava cheio de cavaleiros cabeludos que gritavam com ele.

POR UMA CURIOSA COINCIDÊNCIA, "absolutamente zero" era quanto o descendente dos primatas Arthur Dent suspeitava que um de seus amigos mais íntimos não descendia dos primatas, sendo, na verdade, de um pequeno planeta perto de Betelgeuse, e não de Guildford, como costumava dizer.

Tal suspeita jamais passara pela cabeça de Arthur Dent.

Esse seu amigo havia chegado ao planeta Terra há uns quinze anos terráqueos e se esforçara ao máximo no sentido de se integrar na sociedade terráquea — com certo sucesso, deve-se reconhecer. Assim, por exemplo, ele passara esses quinze anos fingindo ser um ator desempregado, o que era perfeitamente plausível.

Porém cometera um erro gritante, por ter sido um pouco displicente em suas pesquisas preparatórias. As informações de que ele dispunha o levaram a escolher o nome "Ford Prefect", achando que era um nome bem comum, que passaria despercebido.

Não era alto a ponto de chamar atenção, e suas feições eram atraentes, mas não a ponto de chamar atenção. Seus cabelos eram avermelhados e crespos, e ele os penteava para trás. Sua pele parecia ter sido puxada a partir do nariz. Havia algo de ligeiramente estranho nele, mas era algo muito sutil, difícil de identificar. Talvez os olhos dele piscassem menos que o normal, de modo que quem ficasse conversando com ele por algum tempo acabava com os olhos cheios d'água de aflição. Talvez o sorriso dele fosse um pouco largo demais e desse a sensação desagradável de que estava prestes a morder o pescoço de seu interlocutor.

Para a maioria dos amigos que fizera na Terra ele era um sujeito excêntrico, porém inofensivo: um beberrão com alguns hábitos meio estranhos. Por exemplo, ele costumava entrar de penetra em festas na universidade, tomar um porre colossal e depois começava a gozar qualquer astrofísico que encontrasse, até que o expulsassem da festa.

Às vezes ele ficava desligado, olhando distraído para o céu, como se estivesse hipnotizado, até que alguém lhe perguntava o que ele estava fazendo. Então, por um instante, Ford ficava assustado, com um ar culpado, mas logo relaxava e sorria.

– Ah, estou só procurando discos voadores – brincava, e todo mundo ria e lhe perguntava que tipo de discos voadores ele estava procurando. – Dos verdes! – respondia ele com um sorriso irônico, depois ria às gargalhadas por alguns instantes e daí corria até o bar mais próximo e pagava uma enorme rodada de bebidas.

Essas noites normalmente terminavam mal. Ford tomava uísque até ficar totalmente bêbado, se encolhia num canto com uma garota qualquer e dizia a ela, com voz pastosa, que na verdade a cor dos discos voadores não tinha muita importância.

Depois, cambaleando meio torto pelas ruas, de madrugada, com frequência perguntava aos policiais que passavam como se ia para Betelgeuse. Os policiais normalmente diziam algo assim:

– O senhor não acha que é hora de ir pra casa?

– É o que eu estou tentando fazer, meu chapa, estou tentando – respondia Ford nessas ocasiões.

Na verdade, o que ele realmente procurava quando ficava olhando para o céu era qualquer tipo de disco voador. Ele falava em discos voadores verdes porque o verde era a cor tradicional do uniforme dos astronautas mercantes de Betelgeuse.

Ford Prefect já havia perdido as esperanças de que aparecesse um disco voador porque quinze anos é muito tempo para ficar preso em qualquer lugar, principalmente num lugar tão absurdamente chato quanto a Terra.

Ford queria que chegasse logo um disco voador porque sabia fazer sinal para discos voadores descerem e porque queria pegar carona num deles. Ele sabia ver as Maravilhas do Universo por menos de 30 dólares altairianos por dia.

Na verdade, Ford Prefect era pesquisador de campo desse fabuloso livro chamado *O Guia do Mochileiro das Galáxias*.

Os SERES HUMANOS se adaptam a tudo com muita facilidade. Assim, quando chegou a hora do almoço, nos arredores da casa de Arthur já havia se estabelecido uma rotina. O papel de Arthur era o de ficar se espojando na lama, pedindo de vez em quando que chamassem seu advogado, sua mãe ou lhe trouxessem um bom livro. O Sr. Prosser ficou com o papel de tentar novas táticas de persuasão com Arthur de vez em quando, usando o papo do Para o Bem de Todos, o da Marcha Inevitável do Progresso, o de Sabe que Uma Vez Derrubaram Minha Casa Também mas Continuei com Minha Vida Normalmente, bem como diversos outros tipos de propostas e ameaças. O papel dos operadores dos tratores, por sua vez, era o de ficar sentado, tomando café e examinando a legislação trabalhista para ver se havia um jeito de ganhar um extra com aquela situação.

A Terra seguia lentamente em sua órbita cotidiana.

O sol estava começando a secar a lama em que Arthur estava deitado.

Uma sombra passou por ele novamente.

— Oi, Arthur — disse a sombra.

Arthur olhou para cima com uma careta, por causa do sol, e se surpreendeu ao ver Ford Prefect em pé a seu lado.

— Ford! Tudo bem com você?

— Tudo bem — disse Ford. — Escute, você está ocupado?

— Se estou *ocupado*? — exclamou Arthur. — Bem, tenho apenas que ficar deitado na frente desses tratores todos senão eles derrubam minha casa, mas fora isso... bem, nada de especial. Por quê?

Em Betelgeuse não existe sarcasmo, por isso Ford muitas vezes não o percebia, a menos que estivesse prestando muita atenção.

— Ótimo — disse ele. — Onde a gente pode conversar?

— O quê? — exclamou Arthur Dent.

Por alguns segundos, Ford pareceu ignorá-lo e ficou olhando fixamente para o céu, como um coelho que está querendo ser atropelado por um carro. Então, de repente, acocorou-se ao lado de Arthur.

— Precisamos conversar — disse, num tom de urgência.

— Tudo bem — disse Arthur. — Pode falar.

— E beber. Temos que conversar e beber, é uma questão de vida ou morte. Agora. Vamos ao bar lá na vila.

Olhou para o céu de novo, nervoso, como se esperasse algo.

— Escuta, será que você não entende? — gritou Arthur, apontando para Prosser. — Esse homem quer demolir a minha casa!

Ford olhou para o homem, confuso.

— Ele pode fazer isso sem você, não pode?

— Mas eu não quero que ele faça isso!

— Ah.

— O que deu em você, Ford?

— Nada. Nada de mais. Escute... eu vou contar a coisa mais importante que você já ouviu. Tenho que contar isso agora e tem que ser lá no bar Horse and Groom.

— Mas por quê?

— Porque você vai precisar beber algo bem forte.

Ford olhou para Arthur, e este constatou, atônito, que estava começando a se deixar convencer. Não percebeu, é claro, que foi por causa de um velho jogo de botequim que Ford aprendera nos portos hiperespaciais que serviam as regiões de mineração de madranita no sistema estelar de Beta de Órion.

O GUIA DO MOCHILEIRO DAS GALÁXIAS

O jogo era vagamente parecido com a queda de braço dos terráqueos e funcionava assim:

Os dois adversários se sentavam a uma mesa, um de cara para o outro, cada um com um copo à sua frente.

Entre os dois colocava-se uma garrafa de Aguardente Janx (imortalizada naquela velha canção dos mineiros de Órion: "Ah, não me dê mais dessa Aguardente Janx/ Não, não me dê mais um gole de Aguardente Janx/ Senão minha cabeça vai partir, minha língua vai mentir, meus olhos vão ferver e sou capaz de morrer/ Vai, me dá um golinho de Aguardente Janx").

Então cada lutador tentava concentrar sua força de vontade sobre a garrafa para incliná-la e verter aguardente no copo do adversário, que então era obrigado a bebê-la.

Depois enchia-se a garrafa de novo, começava uma nova rodada, e assim por diante.

Quem começava perdendo normalmente acabava perdendo, porque um dos efeitos da Aguardente Janx é deprimir o poder telepsíquico.

Assim que se consumia uma quantidade previamente estabelecida, o perdedor era obrigado a pagar uma prenda, que costumava ser obscenamente biológica.

Ford Prefect normalmente jogava para perder.

43

FORD OLHOU PARA ARTHUR, que estava começando a pensar que talvez quisesse mesmo ir até o Horse and Groom.

— Mas e a minha casa...? — perguntou, em tom de queixa.

Ford olhou para o Sr. Prosser e de repente lhe ocorreu uma ideia maliciosa.

— Ele quer demolir a sua casa?

— É, ele quer construir...

— E não pode porque você está deitado na frente do trator dele?

— É, e...

— Aposto que podemos chegar a um acordo — disse Ford. — Com licença! — gritou ele para o Sr. Prosser.

O Sr. Prosser (que estava discutindo com o porta-voz dos operadores dos tratores se a presença de Arthur Dent constituía ou não um fator de insalubridade mental no local de trabalho e quanto eles deveriam receber neste caso) olhou em volta. Ficou surpreso e ligeiramente alarmado quando viu que Arthur estava acompanhado.

— Sim? Que foi? — perguntou. — O Sr. Dent já voltou ao normal?

— Será que podemos supor, para fins de discussão — perguntou Ford —, que ainda não?

— E daí? — suspirou o Sr. Prosser.

— E podemos também supor — prosseguiu Ford — que ele vai ficar aí o dia inteiro?

— E então?

— Então todos os seus ajudantes vão ficar parados aí sem fazer nada o dia todo?

— Talvez, talvez...

— Bem, se o senhor já se resignou a não fazer nada, o senhor na verdade não precisa que ele fique deitado aqui o tempo todo, não é?

— O quê?

— O senhor, na verdade — repetiu Ford, paciente —, não precisa que ele fique aqui.

O Sr. Prosser pensou um pouco.

— Bem, é, não exatamente... *Precisar*, não preciso, não... — disse Prosser, preocupado, por achar que ele, ou Ford, estava dizendo um absurdo.

— Então o senhor podia perfeitamente fazer de conta que ele ainda está aqui, enquanto eu e ele damos um pulinho no bar, só por meia hora. O que o senhor acha?

O Sr. Prosser achou aquilo perfeitamente insano.

— Acho perfeitamente razoável... — disse, com um tom de voz tranquilizador, sem saber quem ele estava tentando tranquilizar.

— E, se depois o senhor quiser dar uma escapulida pra tomar um chope — disse Ford —, a gente retribui o favor.

— Muito obrigado — disse o Sr. Prosser, que não sabia mais como conduzir a situação. — Muito obrigado, é muita gentileza sua... — Ele franziu o cenho, depois sorriu, depois tentou fazer as duas coisas ao mesmo tempo, não conseguiu, agarrou seu chapéu de pele e o rodou no alto da cabeça nervosamente. Só podia achar que havia ganhado a parada.

— Então — prosseguiu Ford Prefect —, se o senhor tiver a bondade de vir até aqui e se deitar...

— O quê?! — exclamou o Sr. Prosser.

— Ah, desculpe — disse Ford. — Acho que não soube me exprimir muito bem. Alguém tem que ficar deitado na frente dos tratores, não é? Senão eles vão demolir a casa do Sr. Dent.

— O quê?! — repetiu o Sr. Prosser.

— É muito simples — disse Ford. — Meu cliente, o Sr. Dent, declara que está disposto a não mais ficar deitado aqui na lama com uma única condição: que o senhor o substitua em seu posto.

— Que história é essa? — disse Arthur, mas Ford o cutucou com o pé para que se calasse.

— O senhor quer — disse Prosser, tentando captar essa nova ideia — que eu me deite aí...

— É.

— Na lama?

— É, como disse, na lama.

Assim que o Sr. Prosser se deu conta de que na verdade

O GUIA DO MOCHILEIRO DAS GALÁXIAS

era ele o perdedor, foi como se lhe retirassem um fardo dos ombros: essa situação era mais familiar para ele. Suspirou.

— E em troca disso o senhor vai com o Sr. Dent até o bar?

— Isso — disse Ford —, isso mesmo.

O Sr. Prosser deu uns passos nervosos à frente e parou.

— Promete? — disse ele.

— Prometo — disse Ford. Virou-se para Arthur: — Vamos, levante-se e deixe o homem se deitar.

Arthur se pôs de pé, achando que tudo aquilo era um sonho.

Ford fez sinal para o Sr. Prosser, que se sentou na lama, triste e desajeitado. Tinha a impressão de que toda a sua vida era uma espécie de sonho, e às vezes se perguntava de quem era aquele sonho, e se o dono do sonho estaria se divertindo. A lama envolveu suas nádegas e penetrou em seus sapatos.

Ford olhou para ele, muito sério.

— Nada de bancar o espertinho e derrubar a casa do Sr. Dent enquanto ele não estiver aqui, certo?

— Nem pensar — rosnou o Sr. Prosser. — Jamais passou pela minha cabeça — prosseguiu, deitando-se — sequer a possibilidade de fazer tal coisa.

Viu o representante do sindicato dos operadores de tratores se aproximar, deixou a cabeça afundar na lama e fechou os olhos. Estava tentando encontrar argumentos para

47

provar que ele próprio não passara a representar um fator de insalubridade mental. Estava longe de estar convencido disso — sua cabeça estava cheia de barulhos, cavalos, fumaça e cheiro de sangue. Isso sempre acontecia quando ele se sentia infeliz ou enganado, e jamais entendera por quê. Numa dimensão superior, da qual nada sabemos, o poderoso Khan urrava de ódio, mas o Sr. Prosser se limitava a tremer um pouco e a resmungar. Começou a sentir que lhe brotavam lágrimas por trás das pálpebras. Quiproquós burocráticos, homens zangados deitados na lama, estranhos indecifráveis impondo-lhe humilhações inexplicáveis e um exército não identificado de cavaleiros rindo dele em sua mente — que dia!

Que dia! Ford Prefect sabia que não tinha a menor importância se a casa de Arthur fosse ou não derrubada agora.

Arthur continuava muito preocupado.

— Mas será que a gente pode confiar nele? — perguntou.

— Por mim, confiaria nele até o fim do mundo.

— Ah — disse Arthur. — E quanto falta pra isso?

— Cerca de doze minutos — disse Ford. — Vamos, preciso beber alguma coisa.

2

E is o que diz a Enciclopédia Galáctica *a respeito do álcool: é um líquido volátil e incolor formado pela fermentação dos açúcares. Acrescenta ainda que o álcool tem o efeito de inebriar certas formas de vida baseadas em carbono.*

O Guia do Mochileiro das Galáxias *também menciona o álcool. Diz que o melhor drinque que existe é a Dinamite Pangaláctica.*

Afirma que o efeito de beber uma Dinamite Pangaláctica é como ter seu cérebro esmagado por uma fatia de limão colocada em volta de uma grande barra de ouro.

O Guia do Mochileiro *também lhe dirá quais os planetas em que se preparam as melhores Dinamites Pangalácticas, quanto irá custar uma dose e quais as ONGs existentes para ajudar você a se recuperar posteriormente.*

O Guia do Mochileiro *ensina até mesmo como preparar a bebida por conta própria. Eis o que diz o livro:*

Pegue uma garrafa de Aguardente Janx.

Misture-a com uma dose de água dos mares de Santragino V – ah, essa água dos mares de Santragino!, diz. Ah, os peixes de Santragino!

DOUGLAS ADAMS

Deixe que três cubos de Megagim Arcturiano sejam dissolvidos na mistura (se não foi congelado da maneira correta, perde-se a benzina).

Deixe que quatro litros de gás dos pântanos de Fália borbulhem através da mistura em memória de todos aqueles mochileiros bem-aventurados que morreram de prazer nos pântanos de Fália.

Faça flutuar, no verso de uma colher de prata, uma dose de extrato de Hipermenta Qualactina, plena da fragrância inebriante das sombrias Zonas Qualactinas, sutil, doce e mística.

Acrescente um dente de tigre-solar-algoliano. Veja-o se dissolver, espalhando os fogos dos sóis algolianos no âmago do drinque.

Jogue uma pitadinha de Zânfuor.

Acrescente uma azeitona.

Agora é só beber... mas... com muito cuidado...

O Guia do Mochileiro das Galáxias *vende bem mais que a* Enciclopédia Galáctica.

— SEIS CHOPES DUPLOS — disse Ford Prefect ao barman do Horse and Groom. — E depressa, porque o fim do mundo está próximo.

O barman do Horse and Groom não merecia ser tratado desse jeito, era um senhor de respeito. Ajeitou os óculos e encarou Ford Prefect. Ford o ignorou e se virou para a janela, de modo que o barman encarou Arthur, que deu de ombros, como quem também não entendeu, e não disse nada.

Então, o barman disse:

— Ah, é? Um belo dia pro mundo acabar.

E começou a tirar os chopes.

Tentou outra vez.

— E então, o senhor vai assistir ao jogo hoje à tarde?

Ford se virou para ele.

— Não, não tem sentido — disse, e se virou para a janela novamente.

— Quer dizer que o senhor acha que nem adianta? — insistiu o barman. — O Arsenal não tem a menor chance?

— Não, não — disse Ford. — É só que o mundo vai acabar.

— Ah, é mesmo, o senhor já disse — respondeu o barman, olhando agora para Arthur por cima dos óculos. — Seria uma boa saída para o Arsenal, escapar da derrota por causa do fim do mundo.

Ford olhou de novo para o velho, realmente surpreso.

— Na verdade, não — disse, franzindo a testa.

O barman respirou fundo.

— Aí estão, seis chopes.

Arthur sorriu para ele, sem graça, e deu de ombros outra vez. Virou-se para trás e dirigiu um sorriso sem graça ao resto do bar, caso alguém mais tivesse ouvido a conversa.

Ninguém tinha ouvido nada, e ninguém entendeu por que Arthur estava sorrindo para eles daquele jeito.

Um homem sentado ao lado de Ford no balcão olhou

O GUIA DO MOCHILEIRO DAS GALÁXIAS

para os dois, depois para os seis chopes, fez um rápido cálculo de cabeça, chegou a um resultado que lhe agradou e sorriu de forma boba e esperançosa para eles.

— Nem pensar — disse Ford. — São nossos. — Dirigiu ao homem um olhar que faria um tigre-solar-algoliano continuar a fazer o que estivesse fazendo.

Ford jogou uma nota de cinco libras no balcão, dizendo:

— Pode ficar com o troco.

— O quê? Cinco libras? Muito obrigado, meu senhor.

— Você tem dez minutos pra gastar isso.

O barman decidiu que era melhor ir fazer outra coisa.

— Ford — disse Arthur —, você pode por favor me explicar que história é essa?

— Beba — disse Ford. — Ainda faltam três chopes.

— Você quer que eu beba três canecos de chope na hora do almoço?

O homem do lado de Ford sorriu e concordou com a cabeça, satisfeito. Ford o ignorou e disse:

— O tempo é uma ilusão. A hora do almoço é uma ilusão maior ainda.

— Muito profundo — disse Arthur. — Essa você devia mandar pra *Seleções*. Eles têm uma página pra gente como você.

— Beba.

— Por que três canecos de chope de repente?

— É um relaxante muscular. Você vai precisar.

53

— Relaxante muscular?

— Relaxante muscular.

Arthur olhou para dentro do caneco.

— Será que eu fiz alguma coisa de errado hoje — disse ele — ou será que o mundo sempre foi assim, só que eu estava encucado demais pra perceber?

— Está bem — disse Ford. — Vou tentar explicar. Há quanto tempo a gente se conhece?

— Há quanto tempo? — Arthur pensou um pouco. — Deixe ver, uns cinco anos, talvez seis. A maior parte desse tempo pareceu fazer algum sentido na época.

— Está bem — disse Ford. — Qual seria a sua reação se eu lhe dissesse que não sou de Guildford, e sim de um pequeno planeta perto de Betelgeuse?

Arthur deu de ombros, com indiferença.

— Sei lá — disse, bebendo um gole. — Por quê? Você acha que é capaz de dizer uma coisa dessas?

Ford desistiu. Realmente, não valia a pena se preocupar com aquilo naquele momento, com o fim do mundo tão próximo e tudo mais. Limitou-se a dizer:

— Beba. — E acrescentou, como quem dá uma informação como outra qualquer: — O fim do mundo está próximo.

Arthur sorriu sem graça para o resto do bar outra vez. O resto do bar fez cara feia para ele. Um homem lhe fez sinal para que parasse de sorrir para eles e cuidasse de sua própria vida.

"Hoje deve ser quinta-feira", pensou Arthur, debruçando-se sobre o chope. "Nunca consegui entender qual é a das quintas-feiras."

3

Nessa quinta-feira em particular, alguma coisa se deslocava silenciosamente através da ionosfera, muitos quilômetros acima da superfície do planeta; aliás, muitas "algumas coisas", dezenas de coisas achatadas, grandes e amarelas, cada uma do tamanho de um quarteirão de prédios, silenciosas como pássaros. Voavam serenas, banhando-se nos raios eletromagnéticos emitidos pela estrela Sol, sem pressa, agrupando-se, preparando-se.

O planeta lá embaixo ignorava sua presença quase completamente, o que era justamente o que elas queriam. Aquelas coisas amarelas passaram por Goonhilly despercebidas; sobrevoaram Cabo Canaveral sem que os radares acusassem nada; Woomera e Jodrell Bank ignoraram sua passagem – uma pena, já que era exatamente esse tipo de coisa que estavam procurando havia muitos anos.

A única coisa que acusou sua presença foi um aparelhinho preto chamado Sensormático Subeta, que ficou piscando discretamente na escuridão da mochila de couro

O GUIA DO MOCHILEIRO DAS GALÁXIAS

que Ford Prefect sempre levava consigo. O conteúdo da mochila de Ford era bastante interessante: se algum físico terráqueo olhasse dentro dela, seus olhos saltariam para fora das órbitas. Era para esconder essas coisas que Ford sempre jogava por cima de tudo, na mochila, um ou dois roteiros amassados, dizendo que estava estudando um papel para uma peça de teatro. Além do Sensormático Subeta e dos roteiros, Ford levava um polegar eletrônico – um bastão curto e grosso, preto, liso e fosco, com interruptores e ponteiros numa das extremidades – e um aparelho que parecia uma calculadora eletrônica das grandes. Este último possuía cerca de cem pequenos botões planos e uma tela quadrada de 10 centímetros, na qual podia ser exibida instantaneamente qualquer uma dentre um milhão de "páginas". Parecia um aparelho absurdamente complicado, e esse era um dos motivos pelos quais a capa plástica do dispositivo trazia a frase NÃO ENTRE EM PÂNICO em letras grandes e amigáveis. O outro motivo era o fato de que esse aparelho era na verdade o mais extraordinário livro jamais publicado pelas grandes editoras da Ursa Menor – *O Guia do Mochileiro das Galáxias*. O livro era publicado sob a forma de um microcomponente eletrônico subméson porque, se fosse impresso de forma convencional, um mochileiro interestelar iria precisar de diversos prédios desconfortavelmente grandes para acomodar sua biblioteca.

DOUGLAS ADAMS

No fundo da mochila de Ford Prefect havia algumas esferográficas, um bloco de anotações e uma toalha de banho grande, comprada na Marks and Spencer.

O Guia do Mochileiro das Galáxias *faz algumas afirmações a respeito das toalhas.*

Segundo ele, a toalha é um dos objetos mais úteis para um mochileiro interestelar. Em parte devido a seu valor prático: você pode usar a toalha como agasalho quando atravessar as frias luas de Jaglan Beta; pode se deitar sobre ela nas reluzentes praias de areia marmórea de Santragino V, respirando os inebriantes vapores marítimos; você pode dormir debaixo dela sob as estrelas que brilham avermelhadas no mundo desértico de Kakrafoon; pode usá-la como vela para descer numa minijangada as águas lentas e pesadas do rio Moth; pode umedecê-la e utilizá-la para lutar em um combate corpo a corpo; enrolá-la em torno da cabeça para se proteger de emanações tóxicas ou para evitar o olhar da Terrível Besta Voraz de Traal (um animal estonteantemente burro, que acha que, se você não pode vê-lo, ele também não pode ver você — estúpido feito uma anta, mas muito, muito voraz); você pode agitar a toalha em situações de emergência para pedir socorro; e, naturalmente, pode usá-la para se enxugar com ela se ainda estiver razoavelmente limpa.

Porém o mais importante é o imenso valor psicológico da toalha. Por algum motivo, quando um estrito (isto é, um não mochileiro) descobre que um mochileiro tem uma toalha, ele automaticamente conclui

que ele tem também escova de dentes, esponja, sabonete, lata de bis-
coitos, garrafinha de aguardente, bússola, mapa, barbante, repelente,
capa de chuva, traje espacial, etc., etc. Além disso, o estrito terá pra-
zer em emprestar ao mochileiro qualquer um desses objetos, ou muitos
outros, que o mochileiro por acaso tenha "acidentalmente perdido". O
que o estrito vai pensar é que, se um sujeito é capaz de rodar por toda
a Galáxia, acampar, pedir carona, lutar contra terríveis obstáculos,
dar a volta por cima e ainda assim saber onde está sua toalha, esse
sujeito claramente merece respeito.

Daí a expressão que entrou na gíria dos mochileiros, exemplifica-
da na seguinte frase: "Vem cá, você sancha esse cara dupal, o Ford
Prefect? Taí um mingo que sabe onde guarda a toalha." (Sancha:
conhecer, estar ciente de, encontrar, ter relações sexuais com; dupal:
cara muito incrível; mingo: cara realmente muito incrível.)

BEM ENROLADINHO NA TOALHA, dentro da mochila de Ford
Prefect, o Sensormático Subeta começou a piscar mais depressa. Quilômetros acima da superfície do planeta, as enormes algumas coisas amarelas começaram a se espalhar. No
observatório de Jodrell Bank, alguém resolveu que era hora
de tomar um chá.

— Você tem uma toalha aí? — perguntou Ford a Arthur
de repente.

Arthur, lutando com seu terceiro caneco de chope, olhou
ao redor.

O GUIA DO MOCHILEIRO DAS GALÁXIAS

— Uma toalha? Bem, não... Por quê? Era pra eu ter?

Arthur havia desistido de se sentir surpreso; pelo visto, não adiantava nada.

Ford deu um muxoxo, irritado.

— Beba — insistiu.

Naquele momento, o ruído surdo de alguma coisa se espatifando, vindo da rua, misturou-se ao murmúrio de vozes dentro do bar, à música do jukebox e aos soluços do homem ao lado de Ford, para quem ele acabara pagando um uísque.

Arthur engasgou com a cerveja e se pôs de pé num salto.

— O que foi isso? — gritou.

— Não se preocupe — disse Ford. — Eles ainda não começaram.

— Ainda bem — disse Arthur, relaxando.

— Deve ser só a sua casa sendo demolida — disse Ford, virando seu último chope.

— O quê? — berrou Arthur. De repente, quebrou-se o encantamento que Ford lançara sobre ele. Arthur olhou ao redor, desesperado, e correu até a janela. — Meu Deus, é isso mesmo! Estão derrubando a minha casa. Que diabo eu estou fazendo aqui neste bar, Ford?

— A esta altura do campeonato, não tem muita importância — disse Ford. — Deixe que eles se divirtam.

61

— Isso lá é diversão? — gritou Arthur. — Diversão!

Ele olhou de novo pela janela e constatou que ambos estavam falando sobre a mesma coisa.

— Diversão, o cacete! — berrou Arthur, e saiu correndo do bar, furioso, brandindo uma caneca de chope quase vazia. Naquele dia, Arthur definitivamente não fez amigos no bar.

— Parem, seus vândalos! Destruidores de lares! — gritava Arthur. — Seus visigodos malucos, parem com isso!

Ford teria que ir atrás dele. Virou-se depressa para o barman e pediu quatro pacotes de amendoins.

— Tome aí — disse o barman, colocando os pacotes no balcão. — São 28 pence, por favor.

Ford foi generoso: deu ao homem mais uma nota de cinco libras e disse que ficasse com o troco. O barman olhou para a nota e depois para Ford. De repente, estremeceu: teve momentaneamente uma sensação que não compreendeu, porque nenhum terráqueo jamais a experimentara antes. Em momentos de grande tensão, todas as formas de vida existentes emitem um pequeno sinal subliminar. Esse sinal simplesmente comunica uma noção exata e quase patética de quanto a criatura em questão está longe de seu local de nascimento. Na Terra, nunca se pode estar a mais de 26 mil quilômetros do local de nascimento, uma distância não muito grande, na verdade, e portanto esses

O GUIA DO MOCHILEIRO DAS GALÁXIAS

sinais são demasiadamente fracos para serem percebidos. Ford Prefect estava naquele momento sob grande tensão, e nascera a 600 anos-luz dali, perto de Betelgeuse.

O barman ficou desnorteado por um momento, atingido pela sensação chocante e incompreensível de distância. Ele não sabia o que significava aquilo, mas olhou para Ford Prefect com mais respeito, quase com reverência.

— O senhor está falando sério? — perguntou ele, sussurrando bem baixinho, o que teve o efeito de fazer com que todos se calassem no bar. — O senhor acha que o mundo vai mesmo acabar?

— Vai — respondeu Ford.

— Mas hoje?

Ford havia se recuperado. Sentia-se mais irreverente do que nunca.

— É — disse, alegre —, daqui a menos de dois minutos, na minha opinião.

O barman não conseguia acreditar na conversa que estava tendo, mas também não conseguia acreditar na sensação que acabara de experimentar.

— Podemos fazer algo a respeito?

— Não, nada — respondeu Ford, enfiando os amendoins no bolso.

Alguém de repente soltou uma gargalhada no bar silencioso, rindo da burrice de todos.

DOUGLAS ADAMS

O homem ao lado de Ford já estava meio alto. Com esforço, focalizou os olhos em Ford.

— Eu pensava — disse ele — que quando o mundo acabasse todo mundo tinha que deitar no chão ou enfiar a cabeça num saco de papel, ou coisa parecida.

— Se você quiser, pode — disse Ford.

— Foi o que disseram pra gente no Exército — disse o homem, e seus olhos começaram sua longa jornada de volta para o copo de uísque.

— Isso vai ajudar? — perguntou o barman.

— Não — disse Ford, com um sorriso simpático. — Com licença, tenho que ir embora. — Deu adeus e saiu.

O bar ainda permaneceu em silêncio por um instante, e depois o homem da gargalhada estrepitosa atacou de novo, deixando todos sem graça. A garota que ele arrastara até o bar meia hora antes já o detestava cordialmente a essa altura e provavelmente ficaria muito satisfeita se soubesse que, dentro de uns noventa segundos, ele iria evaporar em um sopro de hidrogênio, ozônio e monóxido de carbono. Porém, quando chegasse a hora, ela também estaria ocupada demais evaporando para se preocupar com isso.

O barman pigarreou. Quando se deu conta, estava dizendo o seguinte:

— Últimos pedidos, por favor.

As ENORMES MÁQUINAS amarelas começaram a descer e a acelerar.

Ford sabia que elas estavam vindo. Não era assim que ele queria voltar para o seu planeta.

CORRENDO PELA ALAMEDA, Arthur já estava quase chegando em casa. Não percebeu como havia esfriado de repente, não percebeu o vento, não percebeu a chuva torrencial e irracional que começara a cair subitamente. Só viu os tratores passando por cima dos destroços do que fora sua casa.

— Seus bárbaros! — gritou. — Vou processar o conselho municipal e arrancar deles até o último centavo! Vocês vão ser enforcados, arrastados e esquartejados! E chicoteados! E cozidos em óleo fervente... até... até... até não aguentarem mais.

Ford ainda estava correndo atrás dele, muito depressa. Muito, muito depressa.

— E depois tudo de novo! — gritou Arthur. — E quando terminar vou pegar todos os pedacinhos e pisar em cima deles!

Arthur não percebeu que os homens estavam correndo dos tratores, e também não percebeu que o Sr. Prosser olhava para o céu, desesperado. O que o Sr. Prosser havia percebido era que as coisas amarelas enormes estavam atravessando as nuvens, ruidosamente. Coisas amarelas impossivelmente enormes.

DOUGLAS ADAMS

— E vou continuar pulando neles — gritou Arthur, ainda correndo — até eu ficar cheio de bolhas, ou até eu pensar numa coisa ainda mais desagradável pra fazer, aí...

Arthur tropeçou e caiu para a frente, rolou e terminou deitado de costas no chão. Finalmente percebeu que estava acontecendo alguma coisa. Apontou para o céu.

— Que diabo é isso? — gritou.

Fosse o que fosse, a coisa atravessou o céu com toda a sua monstruosidade amarela, rasgou o céu com um estrondo estonteante e sumiu na distância, deixando atrás de si um vácuo que se fechou com um *bang* alto o suficiente para empurrar os ouvidos para dentro do cérebro.

Outra coisa amarela veio em seguida e fez exatamente a mesma coisa, só que ainda mais alto.

É difícil dizer exatamente o que as pessoas na superfície do planeta estavam fazendo, porque na verdade elas próprias não sabiam direito o que estavam fazendo. Nada fazia sentido — correr para dentro de casa, correr para fora de casa, gritar surdamente no meio da barulheira. Por todo o mundo, as ruas das cidades explodiam de gente, carros se enfiavam uns nos outros quando o barulho desabava sobre eles e depois se afastava, como um gigantesco maremoto sobre serras e vales, desertos e oceanos, parecendo achatar tudo aquilo que atingia.

Apenas um homem permanecia parado, olhando para

O GUIA DO MOCHILEIRO DAS GALÁXIAS

o céu, com uma tristeza imensa nos olhos e protetores de borracha nos ouvidos. Ele sabia exatamente o que estava acontecendo, e já o sabia desde que seu Sensormático Su-beta começara a piscar no meio da noite ao lado de seu travesseiro, fazendo-o acordar assustado. Era por isso que ele vinha esperando esses anos todos, mas quando decifrou os sinais, sozinho em seu pequeno quarto escuro, sentiu um frio no coração. De todas as raças existentes na Galáxia que podiam vir fazer uma visitinha ao planeta Terra, pensou ele, por que tinham que ser justamente os vogons?

Fosse como fosse, ele sabia o que tinha que fazer. Quando a nave vogon sobrevoou o lugar onde ele estava, Ford abriu sua mochila. Jogou fora um exemplar de *José e a extraordinária túnica de sonhos tecnicolor* e um exemplar de *Godspell:* ele não ia precisar daquilo no lugar para onde ia. Tudo estava pronto, tudo estava preparado.

Ele sabia onde estava sua toalha.

Um silêncio súbito tomou conta da Terra, talvez pior ainda que o barulho. Por algum tempo, não aconteceu nada.

As grandes espaçonaves pairavam imóveis no céu, sobre todas as nações da Terra. Pairavam imóveis, imensas, pesadas, completamente paradas no céu, uma blasfêmia contra a natureza. Muitas pessoas entraram em estado de choque quando suas mentes tentaram entender o que estavam vendo. As naves pairavam imóveis no céu da mesma forma como os tijolos não o fazem.

E continuava não acontecendo nada.

Então ouviu-se um leve assobio, um súbito assobio espaçoso de fundo sonoro ao ar livre. Todos os aparelhos de som do mundo, todos os rádios, todas as televisões, todos os gravadores, todos os alto-falantes, de agudos, graves ou frequências médias, em todo o mundo, silenciosamente se ligaram.

Todas as latinhas, todas as latas de lixo, todas as janelas, todos os carros, todas as taças de vinho, todas as chapas de metal enferrujado, tudo foi ativado, funcionando como uma caixa de ressonância acusticamente perfeita.

Antes de ser destruída, a Terra assistiria a uma demonstração da perfeição absoluta em matéria de reprodução sonora, o maior sistema de som jamais construído. Mas não se ouviu um concerto, nenhuma música, nenhuma fanfarra, e sim uma simples mensagem.

— *Povo da Terra, atenção, por favor* — disse uma voz, e foi maravilhoso. Som quadrifônico perfeito, com níveis de distorção tão baixos que o mais corajoso dos homens não conseguiria conter uma lágrima.

— *Aqui fala Prostetnic Vogon Jeltz, do Conselho Galáctico de Planejamento Hiperespacial* — prosseguiu a voz. — *Como todos vocês certamente já sabem, os planos para o desenvolvimento das re-*

68

O GUIA DO MOCHILEIRO DAS GALÁXIAS

giões periféricas da Galáxia exigem a construção de uma via expressa hiperespacial que passa pelo seu sistema estelar e infelizmente o seu planeta é um dos que terão que ser demolidos. O processo levará pouco menos de dois minutos terrestres. Obrigado.

O sistema de som voltou ao silêncio.

Um terror cego se apoderou de toda a população da Terra. O terror se transmitia lentamente através das multidões, como se fossem limalhas de ferro sobre uma chapa de madeira e houvesse um ímã se deslocando embaixo da madeira. Instaurou-se novamente o pânico, uma vontade desesperada de fugir, só que não havia para onde.

Observando o que estava acontecendo, os vogons ligaram o sistema de som outra vez. Disse a voz:

— Esta surpresa é injustificável. Todos os planos do projeto, bem como a ordem de demolição, estão em exposição no seu Departamento Local de Planejamento, em Alfa do Centauro, há cinquenta dos seus anos terrestres, e portanto todos vocês tiveram muito tempo para apresentar qualquer reclamação formal. Agora é tarde demais para criar caso.

O sistema de som foi desligado novamente e seu eco foi morrendo por todo o planeta. As naves imensas começaram a se virar lentamente no céu, com facilidade. Na parte de baixo de cada nave abriu-se uma escotilha, um quadrado negro vazio.

A esta altura, alguém tinha conseguido ligar um transmissor de rádio, localizar uma frequência e enviar uma mensagem às naves vogons, falando em nome do planeta. Ninguém jamais ouviu o que foi dito, apenas a resposta. O imenso sistema de som voltou a transmitir. A voz estava irritada:

— *Como assim, nunca estiveram em Alfa do Centauro? Ora bolas, humanidade, fica só a quatro anos-luz daqui! Desculpem, mas, se vocês não se dão o trabalho de se interessar pelas questões locais, o problema é de vocês.* — Após uma pausa, disse: — *Energizar os raios demolidores.*

Das escotilhas saíram fachos de luz.

— *Diabo de planeta apático* — disse a voz. — *Não dá nem pra ter pena.* — E o sistema de som foi desligado.

Houve um silêncio terrível.

Houve um ruído terrível.

Houve um silêncio terrível.

A Frota de Construção Vogon desapareceu no negro espaço estrelado.

4

L onge dali, no braço oposto da Galáxia, a uma distância de 500 mil anos-luz da estrela Sol, Zaphod Beeblebrox, presidente do Governo Imperial Galáctico, navegava pelos mares de Damogran. Seu barco delta com drive iônico brilhava à luz do sol de Damogran.

Damogran, o quente; Damogran, o remoto; Damogran, o quase completamente desconhecido para todos.

Damogran, morada secreta da nave *Coração de Ouro*.

O barco deslizava rapidamente sobre a água. Ainda levaria algum tempo para chegar a seu destino, porque a geografia de Damogran não é nada prática. Consiste apenas em algumas ilhas desertas de tamanho médio a grande, separadas por oceanos de rara beleza, mas de uma vastidão chatíssima.

O barco seguia em frente.

Devido a sua incômoda geografia, Damogran sempre foi um planeta desabitado. Foi por isso que o Governo Imperial Galáctico o escolheu para o projeto Coração de Ouro,

DOUGLAS ADAMS

porque o planeta era muito deserto e o projeto Coração de Ouro era muito secreto.

O barco deslizava rápido pela superfície do mar, o mar que separava as principais ilhas do único arquipélago de tamanho aproveitável em todo o planeta. Zaphod Beeblebrox vinha do pequeno cosmoporto da ilha da Páscoa (o nome era uma coincidência sem nenhum significado – em galactês, *páscoa* quer dizer pequeno, plano e castanho-claro) para a ilha do projeto Coração de Ouro, cujo nome era França, em mais uma coincidência sem nenhum significado.

Um dos efeitos colaterais do projeto Coração de Ouro era uma série de coincidências sem significado.

Mas não era por coincidência que aquele dia, o dia da coroação do projeto, o grande dia do lançamento, o dia em que a nave *Coração de Ouro* seria finalmente revelada a uma Galáxia maravilhada, era também um dia muito especial para Zaphod Beeblebrox. Foi pensando nesse dia que ele havia decidido concorrer à presidência, uma decisão que causou grande surpresa em toda a Galáxia Imperial – Zaphod Beeblebrox? Presidente? Não *aquele* Zaphod Beeblebrox? Ele, *presidente*?* Muitos encararam o

---

* **Presidente:** o nome oficial do cargo é presidente do Governo Imperial Galáctico.

O termo *Imperial* é mantido, embora seja atualmente um anacronismo. O imperador hereditário está quase morto há muitos séculos. Nos

O GUIA DO MOCHILEIRO DAS GALÁXIAS

fato como prova de que todo o universo havia afinal pirado completamente.

Zaphod sorriu e aumentou a velocidade do barco.

Zaphod Beeblebrox, aventureiro, ex-hippie, *bon vivant* (trambiqueiro?, possivelmente), maníaco por autopromoção, péssimo em relacionamentos pessoais, frequentemente considerado um doido varrido.

Presidente?

últimos instantes de seu coma, ele foi colocado num campo de estase, que o mantém num estado de imutabilidade perpétua. Todos os seus herdeiros já morreram há muito tempo, o que significa que, sem ter havido nenhuma grande convulsão política, o centro do poder foi deslocado de forma simples e eficaz para escalões inferiores, sendo agora aparentemente atribuição de um órgão cujos membros antes atuavam como simples conselheiros do imperador — uma assembleia governamental eleita, chefiada por um presidente eleito por ela. Na verdade, não é aí que está o poder, em absoluto.

O presidente, em particular, é simplesmente uma figura pública: não detém nenhum poder. Ele é aparentemente escolhido pelo governo, mas as qualidades que ele deve exibir nada têm a ver com liderança. Ele deve possuir um sutil talento para provocar indignação. Por esse motivo, o presidente é sempre uma figura polêmica, sempre uma personalidade irritante, porém fascinante ao mesmo tempo. Não cabe a ele exercer o poder, e sim desviar a atenção do poder. Com base nesses critérios, Zaphod Beeblebrox é um dos melhores presidentes que a Galáxia já teve — pois já passou dois dos dez anos de seu mandato na cadeia, condenado por fraude. Pouquíssimas pessoas sabem que o presidente e o governo praticamente não têm nenhum poder, e, dessas pouquíssimas pessoas, apenas seis sabem onde é, de fato, exercido o verdadeiro poder político. A maioria das outras está convencida de que, em última instância, o poder é exercido por um computador. Elas não poderiam estar mais erradas.

Mas o universo não havia enlouquecido, pelo menos não em relação a isso.

Apenas seis pessoas em toda a Galáxia conheciam o princípio no qual se baseava o governo galáctico e sabiam que, uma vez proclamada a intenção de Zaphod Beeblebrox de concorrer à presidência, a coisa estava mais ou menos resolvida: ele tinha tudo para ser presidente.

O que elas realmente não entendiam era por que Zaphod resolvera se candidatar.

Zaphod deu uma guinada súbita com o barco, levantando um lençol d'água.

O dia havia chegado; o dia em que todos entenderiam quais haviam sido as intenções de Zaphod. Aquele dia era a razão de ser da presidência de Zaphod Beeblebrox. Era também o dia em que ele completava 200 anos de idade, mas isto era apenas mais uma coincidência sem qualquer significado.

Enquanto seu barco atravessava os mares de Damogran, ele sorria de leve, pensando no dia maravilhoso e divertido que tinha pela frente. Relaxou os músculos e descansou os dois braços preguiçosamente no encosto, e ficou dirigindo o barco com um braço adicional que instalara recentemente embaixo de seu braço direito, para melhorar seu desempenho no esquiboxe.

— Sabe — cantarolou ele para si próprio —, você é realmente um cara incrível.

O GUIA DO MOCHILEIRO DAS GALÁXIAS

Mas seus nervos cantavam uma canção mais estridente do que um apito para chamar cachorro.

A ilha da França tinha cerca de 30 quilômetros de comprimento por 9 de largura; era arenosa e em forma de crescente. Na verdade, dava a impressão de ser menos uma ilha propriamente dita do que uma simples maneira de definir o formato e a curvatura de uma grande baía. A impressão era ressaltada pelo fato de que a costa interior do crescente consistia apenas em penhascos íngremes. Do alto dos penhascos, o terreno seguia um declive gradual até a costa oposta, 9 quilômetros adiante.

No alto dos penhascos havia um comitê de recepção.

Era constituído basicamente de engenheiros e pesquisadores que haviam construído a nave *Coração de Ouro* – humanoides em sua maioria, mas havia um ou outro atomeiro reptiloide, dois ou três maximegalacticianos verdes silfoides, um ou dois fissucturalistas octópodes e um huluvu (o huluvu é uma tonalidade de azul superinteligente). Todos, com exceção do huluvu, trajavam jalecos de laboratório de gala, multicoloridos e resplandecentes; o huluvu fora temporariamente refratado num prisma capaz de ficar em pé, especialmente para a ocasião.

Havia um clima de enorme empolgação entre eles. Trabalhando em equipe, haviam atingido e ultrapassado os últimos limites das leis da física, reestruturado a configuração funda-

75

mental da matéria, forçado, torcido e partido as leis das possibilidades e impossibilidades, mas, apesar disso, o que mais os entusiasmava era a oportunidade de conhecer um homem com uma faixa alaranjada em volta do pescoço (o distintivo tradicional do presidente da Galáxia). Talvez até não fizesse muita diferença se eles soubessem exatamente quanto poder exercia o presidente da Galáxia: absolutamente nenhum. Apenas seis pessoas na Galáxia sabiam que a função do presidente não era exercer poder, e sim desviar a atenção do poder.

Zaphod Beeblebrox era surpreendentemente bom no seu trabalho.

A multidão exultava, deslumbrada pelo sol e pela perícia do presidente, que fazia o barco contornar o promontório e entrar na baía. O barco brilhava ao sol, deslizando pela superfície em curvas abertas.

Na verdade, o barco não precisava encostar na água, já que ele se apoiava numa camada de átomos ionizados, mas para fazer efeito ele vinha equipado com umas quilhas finas que podiam ser baixadas para dentro d'água. Elas levantavam lençóis d'água no ar e rasgavam sulcos profundos no mar, que espumava na esteira do barco.

Zaphod adorava fazer efeitos: era sua especialidade.

Virou a roda do leme subitamente. A embarcação descreveu uma curva fechada bem rente ao penhasco e parou, balançando ao sabor das ondas suaves.

O GUIA DO MOCHILEIRO DAS GALÁXIAS

Segundos depois, Zaphod já estava no tombadilho, acenando e sorrindo para mais de três bilhões de pessoas. Os três bilhões de pessoas não estavam fisicamente presentes, porém assistiam a tudo através dos olhos de uma pequena câmera-robô tridimensional, que pairava no ar ali perto, subserviente. As proezas do presidente faziam muito sucesso junto ao público: era para isso que elas serviam mesmo.

Zaphod sorriu outra vez. Três bilhões e seis pessoas não sabiam, mas a proeza daquele dia seria mais incrível do que qualquer coisa que elas esperassem.

A câmera-robô se aproximou para fazer um close da cabeça mais popular (ele tinha duas) do presidente, e ele acenou outra vez. Sua aparência era mais ou menos humanoide, afora a segunda cabeça e o terceiro braço. Seus cabelos claros e despenteados apontavam para todas as direções, seus olhos azuis brilhavam com um sentido absolutamente incompreensível e seus queixos estavam quase sempre com a barba por fazer.

Um globo transparente de 7 metros de altura flutuava ao lado de seu barco, balançando às ondas, brilhando ao sol. Dentro dele flutuava um amplo sofá semicircular, estofado com um esplêndido couro vermelho.

Quanto mais o globo balançava, mais o sofá permanecia completamente imóvel, como se fosse um rochedo trans-

77

formado em sofá. Mais uma vez, o objetivo principal daquilo era chamar a atenção.

Zaphod atravessou a parede do globo e se refestelou no sofá. Pôs dois braços sobre o encosto do sofá, e com o terceiro espanou um pouco de poeira que tinha no joelho. Suas cabeças olharam ao redor, sorridentes; pôs os pés sobre o sofá. "Se não conseguisse me conter, ia começar a gritar", pensou ele.

Debaixo da bolha a água fervia, subia, esguichava. A bolha se elevava no ar, balançando-se na coluna de água. Subia mais e mais, refletindo raios de sol em direção ao penhasco. Subia impulsionada pela água que esguichava debaixo dela e caía de volta na superfície do mar, dezenas e dezenas de metros abaixo.

Zaphod sorriu, imaginando o efeito visual.

Um meio de transporte absolutamente ridículo, porém belíssimo.

O globo fez uma pequena pausa no alto do penhasco, pousou numa rampa gradeada, rolou até uma pequena plataforma côncava e lá parou, por fim.

Aplaudido entusiasticamente, Zaphod Beeblebrox saiu da bolha. Sua faixa alaranjada brilhava ao sol.

O presidente da Galáxia havia chegado.

Esperou que os aplausos morressem e levantou a mão, saudando a multidão.

O GUIA DO MOCHILEIRO DAS GALÁXIAS

– Oi – disse.

Uma aranha do governo se aproximou e tentou lhe entregar uma cópia de seu discurso previamente preparado. As páginas 3 a 7 da versão original estavam naquele momento flutuando no mar de Damogran, a uns 10 quilômetros da baía. As páginas 1 e 2 haviam sido encontradas por uma águia-de-crista-frondosa de Damogran e já haviam sido incorporadas a um novo e extraordinário tipo de ninho que a águia inventara. Era construído basicamente de papel machê, e era praticamente impossível para um filhote de águia recém-saído do ovo escapar de dentro dele. A águia-de-crista-frondosa de Damogran ouvira vagamente falar de luta pela sobrevivência da espécie, mas não queria nem saber dessa história.

Zaphod Beeblebrox não ia precisar de seu discurso preparado e delicadamente recusou a cópia oferecida pela aranha.

– Oi – repetiu.

Todo mundo sorriu para ele, ou pelo menos quase todo mundo. Viu Trillian no meio da multidão. Era uma garota que Zaphod conhecera recentemente ao visitar um planeta, incógnito, como turista. Era esguia, morena, humanoide, com longos cabelos negros e ondulados, uma boca carnuda, um narizinho estranho e saliente e olhos ridiculamente castanhos. Seu lenço de cabelo vermelho, amarrado de modo diferente, e seu vestido longo e leve de seda marrom lhe

O GUIA DO MOCHILEIRO DAS GALÁXIAS

davam uma aparência vagamente árabe. Não que alguém ali tivesse ouvido falar nos árabes, claro. Os árabes haviam deixado de existir muito recentemente, e mesmo no tempo em que eles existiam estavam a 500 mil anos-luz de Damogran. Trillian não era ninguém em particular, ou pelo menos era isso que Zaphod dizia. Ela simplesmente andava muito com ele e lhe dizia o que pensava a seu respeito.

— Oi, meu bem — disse para ela.

Ela lhe dirigiu um sorriso rápido e tenso, depois desviou o olhar. Então olhou novamente para ele por um momento e sorriu de forma mais calorosa — mas agora ele já estava olhando para outro lado.

— Oi — disse para um pequeno grupo de criaturas da imprensa, que estava a pouca distância dali, ansioso para que parasse de dizer "oi" e começasse logo a dizer coisas que eles pudessem publicar.

Zaphod sorriu, pensando que dentro de alguns instantes ia dar a eles coisas muito interessantes, mas muito interessantes mesmo, para publicar.

Porém o que ele disse em seguida não interessou muito às criaturas da imprensa. Um dos funcionários do partido concluíra, irritado, que o presidente obviamente não estava a fim de ler o discurso fascinante que havia sido preparado para ele e acionara um interruptor no controle remoto que tinha no bolso. Ao longe, uma enorme cúpula

81

branca que se destacava contra o céu rachou ao meio, abriu-se e foi lentamente se dobrando sobre o chão. Todos ficaram boquiabertos, embora soubessem perfeitamente que aquilo ia acontecer, já que eles próprios haviam construído a cúpula.

Embaixo dela havia uma imensa espaçonave, de 150 metros de comprimento, esguia como um tênis de corrida, perfeitamente branca e estonteantemente bonita. Bem no centro dela, invisível para quem olhava de fora, havia uma pequena caixa de ouro que continha o aparelho mais alucinante jamais concebido em toda a Galáxia, o qual deu o nome à nave – o Coração de Ouro.

– Uau! – disse Zaphod Beeblebrox ao ver a nave *Coração de Ouro*. Também, não tinha outra coisa a dizer.

E repetiu, porque sabia que isso ia irritar a imprensa:

– Uau!

Toda a multidão se virou para ele, cheia de expectativa. Zaphod piscou o olho para Trillian, que alçou as sobrancelhas e arregalou os olhos para ele. Ela sabia o que ele ia dizer agora, e o achava muito exibido.

– É realmente incrível – disse Zaphod. – É realmente incrivelmente incrível. É tão incrivelmente incrível que acho que estou com vontade de roubá-la.

Uma maravilhosa frase presidencial, absolutamente apropriada. A multidão riu, satisfeita, os jornalistas aper-

O GUIA DO MOCHILEIRO DAS GALÁXIAS

taram os botões de suas repormáticas Subeta e o presidente sorriu.

Enquanto sorria, seu coração batia desesperadamente e seus dedos tateavam a pequena bomba paralisomática que trazia no bolso.

De repente, não aguentou mais. Virou ambos os rostos para o céu, soltou um tremendo grito, formando um acorde de terça maior, jogou a bomba no chão e saiu correndo por entre aqueles rostos sorridentes imobilizados.

5

Prostetnic Vogon Jeltz não era bonito de se ver. Nem os outros vogons gostavam de olhar para ele. Seu nariz alto e abobadado, elevando-se acima de uma testa estreita e porcina. Sua pele verde-escura e borrachuda era grossa o suficiente para lhe permitir jogar – e bem – o jogo da política do funcionalismo público vogon, e tão resistente à água que lhe permitia sobreviver por períodos indefinidamente longos no fundo do mar a profundidades de 300 metros, sem qualquer efeito negativo.

O que não significa que ele sequer houvesse nadado algum dia, é claro. Não tinha tempo para isso. Ele era do jeito que era porque, há bilhões de anos, quando os vogons saíram dos mares primevos da Vogsfera pela primeira vez e foram arfar nas praias virgens do planeta, quando os primeiros raios do jovem e forte Vogsol os atingiram naquela manhã, foi como se as forças da evolução houvessem simplesmente desistido deles e se virado para o outro lado, cheias de aversão, considerando-os um erro infeliz e

repulsivo. Nunca mais os vogons evoluíram: não deviam sequer ter sobrevivido.

Se sobreviveram, isso se deveu à teimosia e à força de vontade dessas criaturas de raciocínio preguiçoso. "Evolução?", pensavam elas. Evolução pra quê? E o que a natureza se recusou a fazer por eles ficou por isso mesmo, até que pudessem consertar as grosseiras inconveniências anatômicas através da cirurgia.

Enquanto isso, as forças naturais do planeta Vogsfera estavam trabalhando mais do que nunca, fazendo hora extra para compensar o erro anterior. Criaram caranguejos ágeis, cobertos de joias cintilantes, que os vogons comiam, quebrando suas carapaças com marretas de ferro; árvores altas, extraordinariamente esguias e coloridas, que os vogons derrubavam e queimavam para cozinhar a carne dos caranguejos; criaturas elegantes, semelhantes a gazelas, de pelos sedosos e olhos orvalhados, que os vogons capturavam para se sentar em cima. Elas não serviam como meio de transporte porque suas espinhas se partiam imediatamente, mas os vogons se sentavam em cima delas assim mesmo.

Assim, o planeta Vogsfera atravessou tristes milênios até que os vogons descobriram de repente os princípios do transporte interestelar. Poucos anos vogs depois, todos os vogons já haviam migrado para o aglomerado de Megabrantis, o centro político da Galáxia, e agora constituíam a

O GUIA DO MOCHILEIRO DAS GALÁXIAS

poderosíssima espinha dorsal do funcionalismo público da Galáxia. Tentaram adquirir cultura, estilo e boas maneiras, mas sob quase todos os aspectos o vogon moderno pouco difere de seus ancestrais primitivos. Todo ano eles importam 27 mil caranguejos cintilantes de seu planeta nativo e passam muitas noites divertidas bebendo e esmigalhando caranguejos com marretas de ferro.

Prostetnic Vogon Jeltz era um vogon mais ou menos típico, já que era absolutamente vil. Além disso, não gostava de mochileiros.

EM UMA PEQUENA e escura cabine nas entranhas mais profundas da nave capitânia de Prostetnic Vogon Jeltz, um fósforo se acendeu nervosamente. O dono do fósforo não era um vogon, mas sabia tudo sobre os vogons e tinha toda a razão de estar nervoso. Chamava-se Ford Prefect.*

---

* O nome original de Ford Prefect só é pronunciável num obscuro dialeto betelgeusiano, hoje em dia praticamente extinto, devido ao Grande Desastre Hrung do Ano/Gal./Sid. 03578, que dizimou todas as antigas comunidades praxibetelenses de Betelgeuse VII. O pai de Ford foi o único homem em todo o planeta a sobreviver ao Grande Desastre Hrung, devido a uma extraordinária coincidência que ele jamais conseguiu explicar de modo satisfatório. Todo o episódio está envolto em mistério: na verdade, ninguém jamais descobriu o que era um Hrung e por que ele resolveu cair em cima de Betelgeuse VII em particular. O pai de Ford, magnânimo, ignorou as nuvens de suspeita que naturalmente se formaram em torno dele e foi morar em Betelgeuse V, onde se tornou ao mesmo tempo pai e tio de Ford; em memória de seu povo agora extinto, deu-lhe um nome no antigo idioma praxibetelense.

DOUGLAS ADAMS

Olhou ao redor, mas não dava para ver quase nada; sombras estranhas e monstruosas se formavam e tremiam à luz bruxuleante do fósforo, mas o silêncio era completo. Silenciosamente, Ford agradeceu aos dentrassis. Os dentrassis são uma tribo indisciplinada de gourmands, um povo selvagem, porém simpático. Recentemente vinham sendo empregados pelos vogons como comissários de bordo em suas viagens mais longas, sob a condição de que ficassem na deles.

Os dentrassis achavam isso ótimo, porque adoravam o dinheiro vogon, que é uma das moedas mais sólidas do espaço, porém detestavam os vogons. Os dentrassis só gostavam de ver um vogon quando ele estava chateado.

Graças a esse pequeno detalhe, Ford Prefect não fora transformado numa nuvenzinha de hidrogênio, ozônio e monóxido de carbono.

Ford ouviu um leve gemido. À luz do fósforo, viu uma forma pesada se mexendo no chão. Rapidamente apagou o fósforo, pôs a mão no bolso, encontrou o que procurava e o tirou do bolso. Abriu o pacote e o sacudiu. Ajoelhou-se. A forma se mexeu de novo. Ford Prefect disse:

Como Ford jamais aprendeu a dizer seu nome original, seu pai terminou morrendo de vergonha, coisa que ainda é uma doença fatal em certas regiões da Galáxia. Na escola, seus colegas o apelidaram de Ix, o que no idioma de Betelgeuse II quer dizer "menino que não sabe explicar direito o que é um Hrung nem por que ele resolveu cair em cima de Betelgeuse VII".

O GUIA DO MOCHILEIRO DAS GALÁXIAS

— Eu trouxe uns amendoins.

Arthur Dent se mexeu e gemeu de novo, produzindo sons incoerentes.

— Tome, coma um pouco — insistiu Ford, sacudindo o pacote. — Se você nunca passou antes por um raio de transferência de matéria, deve ter perdido sal e proteína. A cerveja que você tomou deve ter protegido um pouco seu organismo.

— Rrrrr... — disse Arthur Dent. Abriu os olhos. — Está escuro.

— É — disse Ford Prefect —, está escuro, sim.

— Luz nenhuma — disse Arthur Dent. — Escuro, completamente.

Uma das coisas que Ford Prefect jamais conseguiu entender em relação aos seres humanos era seu hábito de afirmar e repetir continuamente o óbvio mais óbvio, coisas do tipo "Está um belo dia", ou "Como você é alto!", ou "Ah, meu Deus, você caiu num poço de 10 metros de profundidade, você está bem?". De início, Ford elaborou uma teoria para explicar esse estranho comportamento. Se os seres humanos não ficarem constantemente utilizando seus lábios — pensou ele —, eles grudam e não abrem mais. Após pensar e observar por alguns meses, abandonou essa teoria em favor de outra: se eles não ficarem constantemente exercitando seus lábios — pensou ele —, seus cérebros começam a funcionar.

89

Depois de algum tempo, abandonou também essa teoria, por achá-la demasiadamente cínica, e concluiu que, na verdade, gostava muito dos seres humanos. Contudo, sempre ficava muitíssimo preocupado ao constatar como era imenso o número de coisas que eles desconheciam.

— É — concordou Ford —, nenhuma luz. — Ele deu uns amendoins a Arthur e perguntou-lhe: — Como é que você está se sentindo?

— Que nem numa academia militar, em posição de sentido — disse Arthur. — A toda hora, um pedacinho de mim desmaia.

Ford, sem entender, arregalou os olhos na escuridão.

— Se eu lhe perguntasse em que diabo de lugar a gente está — perguntou Arthur, hesitante —, eu me arrependeria de ter feito essa pergunta?

— Estamos a salvo — respondeu Ford, levantando-se.

— Ah, bom.

— Estamos dentro de uma pequena cabine de uma das espaçonaves da Frota de Construção Vogon.

— Ah — disse Arthur. — Pelo visto, você está empregando a expressão "a salvo" num sentido estranho que eu não conheço.

Ford acendeu outro fósforo para tentar encontrar um interruptor de luz. Novamente surgiram sombras monstruosas. Arthur se pôs de pé e abraçou os próprios ombros,

O GUIA DO MOCHILEIRO DAS GALÁXIAS

apreensivo. Formas alienígenas horríveis pareciam cercá-lo; o ar estava cheio de odores rançosos que entravam em seus pulmões sem terem sido identificados, e um zumbido grave e irritante impedia que ele concentrasse sua atenção.

— Como viemos parar aqui? — perguntou, tremendo um pouco.

— Pegamos uma carona — disse Ford.

— Espere aí! — disse Arthur. — Você está me dizendo que a gente levantou o polegar e algum monstrinho verde de olhos esbugalhados pôs a cabeça pra fora e disse: "Oi, gente, entrem aí que eu deixo vocês na saída do viaduto"?

— Bem — disse Ford —, o polegar na verdade é um sinalizador eletrônico Subeta, e a saída do viaduto, no caso, é a estrela de Barnard, a 6 anos-luz da Terra; mas no geral é mais ou menos isso.

— E o monstrinho de olhos esbugalhados?

— É verde, sim.

— Tudo bem — disse Arthur —, mas quando eu vou voltar para casa?

— Não vai — disse Ford Prefect, e encontrou o interruptor. — Proteja os olhos... — acrescentou, e acendeu a luz.

Até mesmo Ford ficou surpreso.

— Minha nossa! — disse Arthur. — Estamos mesmo dentro de um disco voador?

91

DOUGLAS ADAMS

PROSTETNIC VOGON JELTZ contornou com seu corpo verde e desagradável a ponte de comando da nave. Sempre se sentia vagamente irritado após demolir planetas povoados. Desejou que alguém viesse lhe dizer que estava tudo errado, pois aí ele poderia dar uma bronca e se sentir melhor. Jogou-se com todo o peso no seu banco na esperança de que ele quebrasse, dando-lhe um bom motivo para se irritar, mas o banco se limitou a ranger, como se reclamasse.

— Vá embora! — gritou para um jovem guarda vogon que entrava naquele instante na ponte de comando.

O guarda desapareceu imediatamente, um tanto aliviado. Assim, não seria ele quem teria que dar a notícia que acabava de ser recebida. Era um despacho oficial informando que estava sendo lançado naquele instante num centro de pesquisas do governo em Damogran um novo tipo maravilhoso de espaçonave que tornaria desnecessárias todas as vias expressas hiperespaciais.

Outra porta se abriu, mas dessa vez o capitão vogon não gritou, porque era a porta que dava para a cozinha, onde os dentrassis trabalhavam. Uma refeição agora seria ótima ideia.

Uma enorme criatura peluda entrou com uma bandeja e um sorriso de maluco.

Prostetnic Vogon Jeltz ficou contente. Sabia que quando um dentrassi estava sorridente daquele jeito era porque

92

O GUIA DO MOCHILEIRO DAS GALÁXIAS

havia alguma coisa acontecendo na nave que lhe daria um pretexto para ficar irritadíssimo.

FORD E ARTHUR olhavam ao redor.

— Bem, o que você acha? — perguntou Ford.

— Meio bagunçado, não é?

Ford olhou contrafeito para os colchões encardidos, copos sujos e roupas de baixo malcheirosas de alienígenas espalhados pela cabine apertada.

— Bem, isto aqui é uma nave de serviço — disse Ford. — Estamos numa das cabines dos dentrassis.

— Mas não eram vogons ou coisa parecida?

— É — disse Ford. — Os vogons mandam, os dentrassis cozinham. Foram eles que nos deram carona.

— Estou meio confuso — disse Arthur.

— Dê uma olhada nisso — disse Ford, sentando-se num dos colchões e mexendo em sua mochila.

Arthur apalpou o colchão nervosamente e depois se sentou também: na verdade, não havia motivo para ficar nervoso, já que todos os colchões cultivados nos pântanos de Squornshellous Zeta são muito bem mortos e ressecados antes de serem utilizados. É muito raro um desses colchões voltar à vida.

Ford deu o livro a Arthur.

— Que é isso? — perguntou Arthur.

93

— *O Guia do Mochileiro das Galáxias*. É uma espécie de livro eletrônico. Tem tudo sobre todos os assuntos. Informa sobre qualquer coisa.

Arthur revirou nervosamente o aparelho.

— Gostei da capa — disse ele. — *Não entre em pânico*. Foi a primeira coisa sensata e inteligível que me disseram hoje.

— Eu mostro como funciona — disse Ford. Ele pegou o livro das mãos de Arthur, que continuava a segurá-lo como se fosse um pássaro morto há duas semanas, e tirou-o de dentro da capa. — Aperte este botão aqui que a tela acende e aparece o índice.

Uma tela de cerca de 8 por 10 centímetros se iluminou e começaram a aparecer caracteres em sua superfície.

— Você quer saber sobre os vogons. Então é só digitar "vogon", assim. — Ford apertou umas teclas. — Veja.

As palavras *Frota de Construção Vogon* apareceram em letras verdes.

Ford apertou um grande botão vermelho embaixo da tela e um texto começou a correr por ela, ao mesmo tempo que uma voz calma e controlada ia lendo o que estava escrito:

"Frota de Construção Vogon. Você quer pegar carona com vogons? Pode desistir. Trata-se de uma das raças mais desagradáveis da Galáxia. Não chegam a ser malévolos, mas são mal-humorados, burocráticos, intrometidos e insensíveis. Seriam

O GUIA DO MOCHILEIRO DAS GALÁXIAS

incapazes de levantar um dedo para salvarem suas próprias avós da Terrível Besta Voraz de Traal sem antes receberem ordens expressas através de um formulário em três vias, enviá-lo, devolvê-lo, pedi-lo de volta, perdê-lo, encontrá-lo de novo, abrir um inquérito a respeito, perdê-lo de novo e finalmente deixá-lo três meses sob um monte de turfa, para depois reciclá-lo como papel para acender fogo.

A melhor maneira de conseguir que um vogon lhe arranje um drinque é enfiar o dedo na garganta dele, e a melhor maneira de irritá-lo é alimentar a Terrível Besta Voraz de Traal com a avó dele.

Jamais, em hipótese alguma, permita que um vogon leia poemas para você."

Arthur ficou olhando para a tela.

— Que livro esquisito. Então como foi que pegamos essa carona?

— É justamente essa a questão. O livro está desatualizado — disse Ford, guardando-o dentro da capa. — Estou fazendo uma pesquisa de campo pra nova edição revista e aumentada, e uma das coisas que eu vou ter que fazer é mencionar que agora os vogons estão empregando dentrassis como cozinheiros, o que facilita as coisas pra nós.

Uma expressão contrariada surgiu no rosto de Arthur.

— Mas quem são esses dentrassis?

— Gente finíssima — disse Ford. — São disparado os melhores cozinheiros e os melhores preparadores de drinques, e estão se lixando pra todo o resto. E sempre dão carona pras pessoas, em parte porque gostam de companhia, mas acima de tudo para irritar os vogons. O que é exatamente o tipo de coisa que você precisa saber se é um mochileiro sem muita grana a fim de ver as maravilhas do Universo por menos de 30 dólares altairenses por dia. Meu trabalho é esse. Divertido, não é?

Arthur parecia perdido.

— É incrível — disse, olhando de testa franzida para um dos outros colchões.

— Infelizmente, fiquei parado na Terra bem mais tempo do que eu pretendia — prosseguiu Ford. — Fui passar uma semana e acabei preso lá por quinze anos.

— Mas como foi que você chegou lá?

— Foi fácil, peguei carona com um gozador.

— Um gozador?

— É.

— Mas... o que é um...?

— Gozador? Normalmente é um filhinho de papai rico que não tem o que fazer. Fica zanzando por aí procurando planetas que ainda não fizeram nenhum contato interestelar e vai lá pirar as pessoas.

— Pirar as pessoas? — Arthur começou a pensar que Ford estava gostando de complicar a vida para ele.

O GUIA DO MOCHILEIRO DAS GALÁXIAS

— É — disse Ford —, fica pirando as pessoas. Vai a um lugar bem isolado onde tem pouca gente, aí pousa ao lado de um pobre infeliz em quem ninguém jamais vai acreditar e fica andando na frente dele, com umas antenas ridículas na cabeça, fazendo bip-bip e outros ruídos engraçados. Realmente, uma tremenda criancice. — Ford se recostou no colchão, apoiando a cabeça nas mãos; aparentava estar irritantemente satisfeito consigo mesmo.

— Ford — insistiu Arthur —, não sei se minha pergunta é idiota, mas o que é que eu estou fazendo aqui?

— Bem, isso você sabe — disse Ford —, eu salvei você da Terra.

— E o que aconteceu com a Terra?

— Ah. Ela foi demolida.

— Ah, sei — disse Arthur, controlado.

— Pois é. Foi simplesmente vaporizada.

— Escute — disse Arthur —, estou meio chateado com essa notícia.

Ford franziu a testa e pareceu estar pensando.

— É, eu entendo — disse, por fim.

— Eu entendo! — gritou Arthur. — Eu entendo!

Ford se pôs de pé num salto.

— Olhe para o livro — insistiu ele.

— O quê?

— *Não entre em pânico.*

97

— Não estou entrando em pânico!

— Está, sim.

— Está bem, estou. O que você quer que eu faça?

— Venha comigo e se divirta. A Galáxia é um barato. Só que você vai ter que pôr esse peixe no ouvido.

— O que você está falando? — perguntou Arthur, de modo bastante delicado, pensou ele.

Ford lhe mostrou um pequeno vidro que continha um peixinho amarelo, que nadava de um lado para outro. Arthur olhou para ele, sem entender. Queria que houvesse alguma coisa simples e compreensível para que ele pudesse se situar. Ele se sentiria melhor se, juntamente com a roupa de baixo dos dentrassis, as pilhas de colchões de Squornshellous e o homem de Betelgeuse que lhe oferecia um peixinho amarelo para colocar no ouvido, pudesse ver ao menos um pacotinho de flocos de milho. Mas ele não podia; logo, sentia-se perdido.

De repente, ouviu-se um ruído violento, vindo de um lugar que Arthur não conseguiu identificar. Ficou horrorizado com aquele barulho, que parecia um homem tentando gargarejar e lutar contra toda uma alcateia ao mesmo tempo.

— Pss! — disse Ford. — Escute, pode ser importante.

— Im... importante?

— É o comandante da nave dando um aviso.

— Quer dizer que é assim que os vogons falam?

O GUIA DO MOCHILEIRO DAS GALÁXIAS

— Escute!

— Mas eu não sei falar vogon!

— Não precisa. É só pôr esse peixe no ouvido.

Ford, com um gesto rápido, levou a mão ao ouvido de Arthur, que teve de repente a desagradável sensação de que um peixe estava se enfiando em seu conduto auditivo. Horrorizado, ficou coçando o ouvido por uns instantes, mas aos poucos seu rosto foi assumindo uma expressão maravilhada. Estava tendo uma experiência auditiva equivalente a ver uma representação de duas silhuetas negras e de repente passar a entendê-la como um candelabro branco, ou de olhar para um monte de pontos coloridos e de repente ver neles o número seis, o que significa que seu oculista vai cobrar uma nota preta para você trocar as lentes dos óculos.

Arthur continuava ouvindo aquela mistura de gritos e gargarejos, só que de repente aquilo de algum modo havia se tornado perfeitamente inteligível.

Eis o que ele ouviu...

6

rito grito gargarejo grito gargarejo grito grito grito gargarejo grito gargarejo grito grito gargarejo gargarejo grito gargarejo gargarejo gargarejo grito slurpt aaaaaaargh se divertindo. Repetindo mensagem. Aqui fala o comandante desta nave, por isso parem de fazer o que estiverem fazendo e prestem atenção. Em primeiro lugar, nossos instrumentos acusam a presença de dois mochileiros a bordo. Oi, mochileiros, onde quer que estejam. Eu gostaria de deixar bem claro que vocês não são em absoluto bem-vindos a bordo. Eu trabalhei duro para chegar aonde estou hoje e não virei comandante de uma nave de construção vogon apenas pra servir de táxi para aproveitadores degenerados. Enviei uma equipe de busca e, assim que forem encontrados, vocês serão expulsos da nave. Se tiverem muita sorte, lerei pra vocês alguns dos meus poemas primeiro.

"Em segundo lugar, estamos prestes a saltar para o hiperespaço e seguir rumo à estrela de Barnard. Ao chegar lá, vamos ficar na oficina durante 72 horas para reparos e ninguém sairá da nave durante esse período. Repito: todas

O GUIA DO MOCHILEIRO DAS GALÁXIAS

as licenças de desembarque estão canceladas. Acabo de sofrer uma desilusão amorosa. Logo, não quero ver ninguém se divertindo. Fim da mensagem."

O ruído cessou.

Arthur constatou, envergonhado, que estava deitado no chão, todo encolhido, feito uma bola, com os braços apertados em torno da cabeça. Sorriu, meio sem graça.

— Sujeito encantador — disse ele. — Gostaria de ter uma filha, só pra proibir que ela se casasse com um deles...

— Não seria preciso — disse Ford. — Os vogons têm menos sex appeal que um desastre de carro. Não, não se mexa — acrescentou quando Arthur começou a se esticar. — É melhor ficar assim mesmo para se preparar pra entrar no hiperespaço. É uma sensação desagradável, como uma bebida.

— O que há de desagradável em uma bebida?

— Pergunte como um copo d'água se sente.

Arthur pensou um pouco.

— Ford.

— Que é?

— O que é que esse peixe está fazendo no meu ouvido?

— Está traduzindo pra você. É um peixe-babel. Consulte o livro, se quiser.

Jogou *O Guia do Mochileiro* para Arthur e depois se encolheu todo, em posição fetal, preparando-se para o salto para o hiperespaço.

101

DOUGLAS ADAMS

Nesse instante, o cérebro de Arthur se abriu em dois.

Seus olhos se viraram do avesso. Seus pés começaram a escorrer do topo do crânio.

A cabine ao seu redor se achatou, rodopiou, desapareceu, fazendo com que Arthur fosse chupado para dentro de seu próprio umbigo.

Estavam passando pelo hiperespaço.

"O PEIXE-BABEL", disse O Guia do Mochileiro das Galáxias baixinho, *"é pequeno, amarelo e semelhante a uma sanguessuga, e é provavelmente a criatura mais estranha em todo o Universo. Alimenta-se de energia mental, não daquele que o hospeda, mas das criaturas ao redor dele. Absorve todas as frequências mentais inconscientes dessa energia mental e se alimenta delas, e depois expele na mente de seu hospedeiro uma matriz telepática formada pela combinação das frequências mentais conscientes com os impulsos nervosos captados dos centros cerebrais responsáveis pela fala do cérebro que os emitiu. Na prática, o efeito disso é o seguinte: se você introduz no ouvido um peixe-babel, você compreende imediatamente tudo o que lhe for dito em qualquer língua. Os padrões sonoros que você ouve decodificam a matriz de energia mental que o seu peixe-babel transmitiu para sua mente.*

"Ora, seria uma coincidência tão absurdamente improvável que um ser tão estonteantemente útil viesse a surgir por acaso, por meio da evolução das espécies, que alguns pensadores veem no peixe-babel a prova definitiva da inexistência *de Deus.*

102

O GUIA DO MOCHILEIRO DAS GALÁXIAS

"O raciocínio é mais ou menos o seguinte: 'Recuso-me a provar que eu existo', diz Deus, 'pois a prova nega a fé, e sem fé não sou nada.'

"Diz o homem: 'Mas o peixe-babel é uma tremenda bandeira, não é? Ele não poderia ter evoluído por acaso. Ele prova que você existe, e portanto, conforme o que você mesmo disse, você não existe. QED.'*

"Então Deus diz: 'Ih, não é que eu não tinha pensado nisso?' E imediatamente desaparece, numa nuvenzinha de lógica.

"'Puxa, como foi fácil', diz o homem, e resolve aproveitar e provar que o preto é branco, mas é atropelado ao atravessar fora da faixa de pedestres.

"A maioria dos teólogos acha que esse argumento é uma asneira, mas foi com base nela que Oolon Colluphid fez uma fortuna, usando-a como tema central de seu best-seller Sai dessa, Deus.

"Enquanto isso, o pobre peixe-babel, por derrubar os obstáculos à comunicação entre os povos e culturas, foi o maior responsável por guerras sangrentas em toda a história da criação."

ARTHUR GEMEU BAIXINHO. Horrorizou-se ao constatar que a passagem pelo hiperespaço não o matara. Agora estava a 6 anos-luz do lugar onde se encontraria a Terra, se ela ainda existisse.

A Terra.

---

* Do latim *quod erat demonstrandum* (como queríamos demonstrar). (N. do T.)

DOUGLAS ADAMS

Visões de seu planeta flutuavam em sua mente nauseada. Não havia como apreender com sua imaginação a ideia de que toda a Terra deixara de existir, era uma ideia grande demais. Testou seus sentimentos, pensando que seus pais e sua irmã não existiam mais. Nenhuma reação. Pensou em todas as pessoas que conhecera bem. Nenhuma reação. Então pensou num estranho que estivera parado atrás dele na fila do supermercado, dois dias antes, e de repente sentiu uma pontada – o supermercado deixara de existir, com todos que estavam dentro dele. A Coluna de Nelson havia desaparecido! Havia desaparecido e não haveria uma comoção popular, porque não restava ninguém para fazer uma comoção. Dali em diante, a Coluna de Nelson só existia em sua mente. A Inglaterra só existia em sua mente – a qual estava enfiada naquela cabine úmida e fedorenta, numa espaçonave de metal. Sentiu-se invadido por uma onda de claustrofobia.

A Inglaterra não existia mais. Isso ele já entendia – de algum modo conseguira entender. Tentou de novo: a América não existe mais. Não conseguia entender isso. Resolveu começar com coisas pequenas, de novo. Nova York não existia mais. Nenhuma reação. Na verdade, no fundo ele nunca acreditara mesmo na existência de Nova York. "O dólar", pensou ele, "caiu completamente." Isso lhe provocou um pequeno tremor. "Todos os filmes de Humphrey

104

Bogart desapareceram", pensou ele, e a ideia lhe causou um choque desagradável. "O McDonald's", pensou. "Não existe mais nenhum Big Mac."

Desmaiou. Quando voltou a si, um segundo depois, chorava, chamando sua mãe.

De repente, pôs-se de pé com um gesto violento.

— Ford!

Ford, que estava sentado num canto da cabine, cantarolando, olhou para ele. A parte da viagem em que a nave só se deslocava no espaço sempre lhe parecera muito chata.

— Que foi? — perguntou ele.

— Se você está fazendo pesquisa pra esse livro e se você esteve na Terra, então você deve ter algum material sobre a Terra.

— É, deu pra aumentar um pouco o verbete original, sim.

— Deixe-me ver o que estava nessa edição, tenho que ver.

— Está bem. — Estendeu o livro a Arthur de novo.

Arthur segurou o livro, tentando fazer com que suas mãos parassem de tremer. Apertou o botão da página que o interessava. A tela se iluminou, piscou e exibiu uma página. Arthur ficou olhando para ela.

— Não tem nada! — exclamou.

Ford olhou por cima do ombro de Arthur.

105

O GUIA DO MOCHILEIRO DAS GALÁXIAS

— Tem, sim. Olhe lá embaixo, logo abaixo de *T. Eccentrica Gallumbits, a prostituta de três seios de Eroticon 6*.

Arthur seguiu com o olhar o dedo de Ford e viu para onde ele apontava. Por um momento, ficou sem entender; de repente, sua mente quase explodiu.

— O quê? *Inofensiva?* Só diz isso, mais nada? *Inofensiva!* Uma única palavra!

Ford deu de ombros.

— Bem, tem cem bilhões de estrelas na Galáxia, e os microprocessadores do livro são limitados — disse ele. — Além disso, ninguém sabia muita coisa a respeito da Terra, é claro.

— Bem, eu espero que você tenha melhorado um pouco essa situação.

— Ah, sim, consegui transmitir um novo verbete pra redação. Tiveram que resumir um pouco, mas de qualquer modo melhorou.

— E o que diz o verbete agora? — perguntou Arthur.

— *Praticamente inofensiva* — disse Ford, com um pigarro, para disfarçar seu constrangimento.

— *Praticamente inofensiva!* — gritou Arthur.

— Que barulho foi esse? — sussurrou Ford.

— Era eu gritando — falou Arthur.

— Não! Cale a boca! Acho que estamos em maus lençóis.

— Tremenda novidade!

107

Ouvia-se lá fora o ruído inconfundível de pessoas marchando.

— Os dentrassis? — sussurrou Arthur.

— Não, são botas de ponta de metal — disse Ford.

Ouviram-se batidas vigorosas na porta.

— Então quem é? — perguntou Arthur.

— Bem — disse Ford —, se estivermos com sorte, são os vogons que vieram nos jogar no espaço.

— E se estivermos com azar?

— Nesse caso — disse Ford, sombrio —, talvez o comandante tenha falado sério quando disse que antes de nos expulsar ia ler alguns poemas dele pra nós...

7

A poesia vogon é, como todos sabem, a terceira pior do Universo. Em segundo lugar vem a poesia dos azgodos de Kria. Durante um recital em que seu Mestre Poeta, Gruntos, o Flatulento, leu sua "Ode ao pedacinho de massa de vidraceiro verde que encontrei no meu sovaco numa manhã de verão", quatro pessoas na plateia morreram de hemorragia interna, e o presidente do Conselho Centro--Galáctico de Marmelada Artística só conseguiu sobreviver roendo uma de suas próprias pernas completamente. Consta que Gruntos ficou "decepcionado" com a reação da plateia, e já ia começar a ler sua epopeia em doze tomos intitulada *Meus gargarejos de banheira favoritos* quando seu próprio intestino grosso, numa tentativa desesperada de salvar a vida e a civilização, pulou para cima, passando pelo pescoço de Gruntos, e o estrangulou.

A pior poesia de todas desapareceu com sua criadora, Paula Nancy Millstone Jennings, de Greenbridge, Essex, Inglaterra, com a destruição do planeta Terra.

O GUIA DO MOCHILEIRO DAS GALÁXIAS

Prostetnic Vogon Jeltz sorria muito devagar – não que ele quisesse fazer tipo, estava apenas tentando se lembrar da sequência de contrações musculares necessárias para realizar o ato. Tinha dado uns gritos de excelente efeito terapêutico com seus prisioneiros, e agora se sentia bem relaxado, pronto para um pouquinho de crueldade.

Os prisioneiros estavam sentados em cadeiras de Apreciação Poética – amarrados nelas. Os vogons não alimentavam quaisquer ilusões acerca da reputação de sua literatura. Suas primeiras tentativas poéticas faziam parte de um esforço malogrado no sentido de serem aceitos como uma espécie evoluída e culta, mas agora só persistiam por puro sadismo.

Ford Prefect suava frio, e o suor de sua testa molhava os eletrodos aplicados a suas têmporas, os quais estavam ligados a um complicado equipamento eletrônico – intensificadores de imagens, moduladores de ritmo, residuadores aliterativos e descarregadores de símiles. Tais aparelhos tinham o efeito de intensificar a experiência poética e garantir que nenhuma nuança do pensamento do poeta passaria despercebida.

Arthur Dent, sentado, tremia. Não fazia ideia do que o esperava, mas não tinha gostado de nada que acontecera até então e não achava que viria coisa melhor.

O vogon começou a ler – um trechinho nauseabundo que ele próprio havia cometido.

111

– *Ó fragúndio bugalhostro...* – começou. O corpo de Ford foi sacudido por espasmos; aquilo era bem pior do que esperava. – *... tua micturição é para mim/ Qual manchimucos num lúrgido mastim.*

– Aaaaaaarggggghhhhh! – berrou Ford Prefect, jogando a cabeça para trás, latejando de dor. Mal podia ver Arthur a seu lado, estrebuchando em sua cadeira. Ford rangeu os dentes.

– *Frêmeo implochoro-o* – prosseguiu o vogon, implacável –, *ó meu perlíndromo exangue.* – Levantou a voz num crescendo horrível de estridência apaixonada. – *Adrede me não apagianaste a crímidos dessartes?/ Ter-te-ei rabirrotos, raio que o parte!*

– Nnnnnnnnnnnyyyyyyuuuuuuurrrrrrgggggghhhhhh! – exclamou Ford Prefect, contorcido por um último espasmo quando a chave de ouro do poema lhe golpeou as têmporas, ainda mais com o reforço eletrônico. Ficou todo mole.

Arthur estrebuchava.

– Bem, terráqueos – sibilou o vogon (ele não sabia que Ford Prefect era, na verdade, de um pequeno planeta perto de Betelgeuse, e estaria pouco ligando se soubesse) –, dou-lhes duas opções: morrer no vácuo do espaço ou... – fez uma pausa, para criar suspense – me dizer quanto gostaram do meu poema!

Refestelou-se num grande sofá de couro em forma de morcego e ficou olhando para os dois. Deu aquele sorriso de novo.

O GUIA DO MOCHILEIRO DAS GALÁXIAS

Ford tentava respirar, com dificuldade. Revolveu a língua áspera na boca ressecada e gemeu.

Arthur disse então, entusiástico:

— Sabe, eu gostei bastante.

Ford se virou para ele, boquiaberto. Simplesmente jamais lhe ocorrera tal saída.

O vogon, surpreso, levantou uma sobrancelha a ponto de tapar seu nariz, o que aliás foi ótimo.

— Ah, que bom... — sibilou, muito espantado.

— É, sim — disse Arthur. — Achei algumas das imagens metafísicas realmente muito vivas.

Ford continuava de olhos pregados em Arthur, lentamente reorganizando suas ideias em torno desse conceito radicalmente novo. Será que conseguiriam sair daquela enrascada com aquela cara de pau?

— Mas sim, continue... — falou o vogon.

— Ah... e também... tem uns efeitos rítmicos interessantes — prosseguiu Arthur — que fazem contraponto ao... ao...

— Nesse ponto, empacou.

Ford acudiu, chutando:

— ... ao surrealismo da metáfora subjacente da... ah... — Empacou também, mas Arthur já estava pronto:

— ... da humanidade da...

— *Vogonidade* — soprou-lhe Ford.

— Sim, claro, da vogonidade (desculpe) da alma compassiva do poeta – prosseguiu Arthur, sentindo-se perfeitamente seguro agora –, que consegue, através da estrutura do texto, sublimar isto, transcender aquilo e apreender as dicotomias fundamentais do outro – Arthur ia agora num crescendo triunfal –, proporcionando ao leitor uma visão aprofundada e intensa do... do... ah... – De repente, vacilou. Ford, então, deu o golpe de misericórdia:

– ... do sentido do poema, seja ele o que for! – gritou. E sussurrou discretamente: – Muito bem, Arthur, parabéns.

O vogon os olhou detidamente. Por um momento, sua endurecida alma vogon fora tocada, mas em seguida ele pensou: "Não; é tarde demais, e muito pouco." Sua voz lembrava o som de um gato arranhando um pedaço de náilon:

– Em outras palavras, eu escrevo poesia porque, por trás da minha fachada cruel e insensível, no fundo o que eu quero é ser amado – disse ele. Após uma pausa, perguntou: – É isso?

Ford deu um risinho nervoso:

– Bem, quer dizer, é – disse ele. – Todos nós, lá no fundo, sabe...

O vogon se levantou.

– Não, vocês estão completamente enganados – disse. – Escrevo poesia só pra ressaltar minha fachada cruel e insensível por contraste. Vou expulsar vocês da nave de qual-

O GUIA DO MOCHILEIRO DAS GALÁXIAS

quer jeito. Guarda! Leve os prisioneiros para a câmara de descompressão número três e jogue os dois para fora!

— O quê?! — exclamou Ford.

Um jovem e enorme guarda vogon se aproximou e arrancou os dois prisioneiros de suas amarras com seus braços gordos.

— Você não pode jogar a gente no espaço! — gritou Ford.

— Estamos tentando escrever um livro.

— Toda resistência é inútil! — exclamou o guarda vogon. Foi essa a primeira frase que ele aprendeu quando entrou para o Batalhão de Guarda Vogon.

O comandante ficou vendo a cena, distante, divertindo-se, e depois se virou.

Arthur olhava para todos os lados, desesperado.

— Não quero morrer agora! — gritou ele. — Ainda estou com dor de cabeça! Não quero ir pro céu com dor de cabeça, vou ficar emburrado e não vou achar graça em nada!

O guarda agarrou os dois pelo pescoço e, curvando-se respeitosamente para o comandante, que estava de costas, arrastou-os para fora da ponte de comando; os prisioneiros protestavam sem parar. Uma porta de aço se fechou, e o comandante estava sozinho de novo. Ele cantarolava baixinho, folheando seu caderno de poesias.

— Humm — exclamou ele —, *contraponto ao surrealismo da metáfora subjacente...* — Pensou nisso por um momento, então

115

fechou o caderno com um sorriso mau. — A morte é um castigo suave demais pra eles — disse então.

O longo corredor de paredes de aço ressoava as fúteis tentativas de fuga dos dois humanoides firmemente apertados nas axilas do vogon, duras como borracha.

— Isso é genial! — explodiu Arthur. — Isso é só o que faltava! Me solta, seu covardão!

O guarda vogon continuava a arrastá-los.

— Não se preocupe — disse Ford —, eu dou um jeito. — Pelo tom de voz, não parecia acreditar muito no que dizia.

— Toda resistência é inútil — urrou o guarda.

— Pare de dizer isso, por favor — gaguejou Ford. — Como é que a gente pode manter uma atitude mental positiva com você dizendo coisas assim?

— Meu Deus — reclamou Arthur —, você fala de atitude mental positiva, e olhe que o seu planeta nem foi demolido. Eu acordei hoje achando que ia passar um dia tranquilo, ler um pouco, escovar meu cachorro... São só quatro da tarde e já estou sendo expulso de uma espaçonave extraterrestre a 6 anos-luz do que resta da Terra! — Começou a engasgar, porque o vogon apertou com mais força.

— Está bem — disse Ford —, mas não entre em pânico!

— Quem é que falou em pânico? — gritou Arthur. — Isso é só choque cultural. Espere só até eu conseguir me situar e me orientar. Aí é que vou entrar em pânico!

O GUIA DO MOCHILEIRO DAS GALÁXIAS

— Arthur, você está ficando histérico. Cale a boca!

Ford estava tentando desesperadamente pensar em alguma saída, mas foi interrompido pelo grito do guarda:

— Toda resistência é inútil!

— E cale a boca você também! — exclamou Ford.

— Toda resistência é inútil!

— Ah, não me canse — disse Ford. Torceu-se todo até poder encarar o guarda. Teve uma ideia. — Você realmente gosta disso?

O vogon parou de repente, e uma expressão de imensa estupidez lentamente se esboçou em seu rosto.

— Se eu gosto disso? — disse ele, com sua voz tonitruante. — Como assim?

— Quero dizer — explicou Ford —, isso é uma vida satisfatória pra você? Marchar de um lado para outro, berrando, empurrando gente pra fora de espaçonaves...

O vogon levantou os olhos para o teto baixo de aço, e suas sobrancelhas quase passaram uma por cima da outra. A boca se entreabriu. Por fim, disse:

— Bem, o horário é bom...

— Também, tem que ser — concordou Ford.

Arthur revirou a cabeça para olhar para Ford.

— Ford, o que você está fazendo? — sussurrou ele, espantado.

— Nada, estou só tentando entender o mundo ao meu

117

redor, está bem? — respondeu. — Então, quer dizer que o horário é bom?

O vogon o olhou e, nas profundezas turvas de sua mente, alguns pensamentos começaram a se formar, pesadamente.

— É — disse ele —, mas, agora que você mencionou, a maior parte do tempo é um saco. Tirando... — e parou para pensar de novo, olhando para o teto — tirando a parte de gritar, de que gosto muito. — Encheu os pulmões e urrou: — Toda resistência...

— Sei, sei — interrompeu Ford mais que depressa —, você é bom nisso, já deu pra perceber. Mas, se a maior parte do tempo é um saco — disse lentamente, dando tempo para que suas palavras fossem bem entendidas —, então por que você continua nessa? Por quê? Por causa das garotas? O uniforme de couro? O machismo da coisa? Ou é só porque acha um desafio interessante enfrentar o tédio imbecilizante desse trabalho?

Arthur olhava para um e para outro, sem entender nada.

— Ah... — disse o guarda — ah... ah... sei não. Acho que eu faço isso só pra... só por fazer, sabe? A titia me disse que trabalhar como guarda de espaçonave é uma boa carreira para um rapaz vogon, sabe, o uniforme, a pistola de raio paralisante na cintura, o tédio imbecilizante...

— Está vendo, Arthur? — disse Ford, como quem chegou

à conclusão de uma argumentação. – E você que pensava que estava na pior...

Mas Arthur continuava pensando que estava na pior. Além da questão desagradável com seu planeta, o guarda vogon o estrangulava, e a ideia de ser jogado no espaço também não lhe agradava muito.

– Tente entender o problema dele – insistiu Ford. – Coitado do rapaz, o trabalho dele é só marchar de um lado para outro, jogar gente pra fora da nave...

– E gritar – acrescentou o guarda.

– E gritar, claro – acrescentou Ford, dando tapinhas condescendentes no braço gordo apertado em torno de seu pescoço. – Mas... ele nem sabe por que faz o que faz!

Arthur concordou que era muito triste. Exprimiu essa ideia com um gesto tímido, pois estava asfixiado demais para falar.

O guarda emitia ruídos que indicavam sua perplexidade profunda.

– Bem. Do jeito que você coloca a coisa, pensando bem...

– Isso, garoto! – disse Ford, para estimulá-lo.

– Mas, nesse caso – prosseguiu o guarda –, qual é a alternativa?

– Bem – disse Ford, falando com entusiasmo, mas devagar –, parar de fazer isso, é claro! Diga a eles que você não vai continuar a fazer isso. – Teve vontade de dizer mais alguma coisa, mas sentiu que o guarda já tinha material para profundas ruminações em sua mente.

— Hummmmmmmmmmmmmmmmmmmmmm... — disse o guarda —, hum, bem, não acho essa ideia muito boa, não.

De repente, Ford sentiu que estava perdendo a oportunidade.

— Espere aí, é só o começo, sabe? A coisa é bem mais complicada do que parece à primeira vista...

Mas nesse momento o guarda apertou com mais força os pescoços dos prisioneiros e seguiu em frente, rumo à câmara de descompressão. Evidentemente, aquela conversa calara fundo em sua mente.

— É, mas se vocês não se incomodam — disse ele —, vou mesmo jogar vocês pra fora da nave e vou cuidar da minha vida, que ainda tenho muito que gritar hoje.

Só que Ford Prefect se incomodava, e muito.

— Mas espere aí... pense um pouco! — disse ele, falando mais depressa e mais preocupado.

— Huhhhhggggnnnnnnn... — disse Arthur, sem muita clareza.

— Além disso — insistiu Ford —, existe a música, a arte, tanta coisa pra lhe dizer! Arrggghhh!

— Toda resistência é inútil! — berrou o guarda, e depois acrescentou: — Sabe, se eu persistir, vou acabar sendo pro-

O GUIA DO MOCHILEIRO DAS GALÁXIAS

movido a oficial superior gritador, e normalmente não tem vaga pra quem não grita nem empurra gente, por isso acho melhor ficar mesmo fazendo o que sei fazer.

Haviam agora chegado à câmara de descompressão – uma grande escotilha redonda de aço, forte e pesada, embutida na parede interna da nave. O guarda acionou um botão e lentamente a escotilha se abriu.

– De qualquer forma, obrigado pela atenção – disse o guarda vogon. – Tchau! – E jogou Ford e Arthur para dentro da apertada câmara de descompressão. Arthur, ofegante, tentava recuperar o fôlego. Ford corria de um lado para outro e tentava inutilmente impedir com o ombro que a escotilha fosse fechada.

– Mas, escute – gritou para o guarda –, existe um mundo de coisas das quais você nunca ouviu falar... que tal isso, por exemplo? – No desespero, apelou para o único dado cultural que ele tinha sempre à mão: cantarolou o primeiro compasso da *Quinta Sinfonia* de Beethoven. – Tchã tchã tchã tchãããã! Isso não diz nada a você?

– Não – disse o guarda. – Nada. Mas vou contar pra titia.

Se ele ainda disse alguma coisa depois, os dois não ouviram. A escotilha foi hermeticamente fechada e todos os sons desapareceram, salvo o zumbido distante dos motores da nave.

DOUGLAS ADAMS

Estavam dentro de uma câmara cilíndrica, de metal polido, de cerca de 2 metros de diâmetro por 3 de comprimento.

Ford olhou ao redor, ofegante.

— E eu que achava que o rapaz tinha até certo potencial! — disse ele, e se encostou na parede curva.

Arthur continuava deitado no chão, onde caíra ao entrar. Não levantou a vista. Continuava ofegante.

— Agora estamos ferrados, não é?

— É — disse Ford —, estamos ferrados.

— E aí, você não pensou em nada? Você, se não me engano, me disse que ia pensar numa solução. Talvez você tenha pensado em alguma coisa, só que não percebi.

— Ah, é, eu realmente pensei numa coisa — disse Ford. Arthur olhou para ele, esperançoso. Ford prosseguiu: — Infelizmente, só daria certo do outro lado desta escotilha.

E chutou a escotilha pela qual haviam entrado.

— Mas a ideia era boa, não era?

— Ah, era ótima.

— O que era?

— Bem, eu não tinha ainda nem elaborado a coisa detalhadamente. Agora não adianta mais, não é?

— Mas... e agora? — perguntou Arthur.

— Bem, sabe, essa outra escotilha vai se abrir automaticamente daqui a pouco e nós vamos ser chupados para o espaço profundo, imagino, e vamos morrer asfixiados. Se

122

O GUIA DO MOCHILEIRO DAS GALÁXIAS

você encher bem os pulmões ainda aguenta uns trinta segundos, é claro... – disse Ford. Pôs as mãos atrás das costas, levantou as sobrancelhas e começou a cantarolar uma velha canção marcial de Betelgeuse. De repente, Arthur se deu conta de que ele era um ser muito estranho.

– Quer dizer então – disse ele – que vamos morrer.

– É – disse Ford. – Só que... não! Espere aí! – De repente, ele se levantou e se lançou sobre algo que estava atrás do campo visual de Arthur. – O que é esse interruptor?

– O quê? Onde? – exclamou Arthur, virando-se.

– Nada, brincadeira minha – disse Ford. – A gente vai morrer, sim.

Sentou-se no mesmo lugar de antes e recomeçou a cantarolar a mesma música a partir do trecho em que a havia interrompido.

– Sabe – disse Arthur –, é em ocasiões como esta, em que estou preso numa câmara de descompressão de uma espaçonave vogon, com um sujeito de Betelgeuse, prestes a morrer asfixiado no espaço, que realmente lamento não ter escutado o que mamãe me dizia quando eu era garoto.

– Por quê? O que ela dizia?

– Não sei. Eu nunca escutei.

– Ah. – Ford recomeçou a cantarolar.

"Que barato", pensou Arthur. "A Coluna de Nelson não existe mais, o McDonald's não existe mais, só restamos

123

DOUGLAS ADAMS

eu e as palavras *praticamente inofensiva*. Daqui a alguns segundos, só restará *praticamente inofensiva*. E ontem mesmo o planeta parecia estar tão bem."

Ouviu-se o ruído de um motor.

Um silvo suave foi aumentando, até se transformar num rugido ensurdecedor; a escotilha exterior se abriu, mostrando um céu vazio e negro cheio de pontinhos de luz incrivelmente brilhantes. Ford e Arthur foram expelidos da nave como rolhas atiradas por um revólver de brinquedo.

8

O Guia do Mochileiro das Galáxias *é um livro realmente admirável. Há muitos anos que vem sendo escrito e revisto, por muitos redatores diferentes. Contém contribuições fornecidas por inúmeros viajantes e pesquisadores.*

A introdução começa assim:

"O espaço é grande. Grande, mesmo. Não dá pra acreditar quanto ele é desmesuradamente inconcebivelmente estonteantemente grande. Você pode achar que da sua casa até a farmácia é longe, mas isso não é nada em comparação com o espaço. Vejamos..." *E por aí vai.*

(Mais adiante o estilo fica mais seco, e o livro começa a dizer coisas realmente importantes, como, por exemplo, que o lindíssimo planeta Bethselamin está agora tão preocupado com a erosão cumulativa causada pela presença de dez bilhões de turistas por ano que qualquer discrepância entre o que você come e o que você evacua durante sua estada no planeta é removida cirurgicamente do seu corpo antes de você partir de lá: assim, cada vez que se vai ao banheiro é vitalmente necessário pegar um recibo.)

DOUGLAS ADAMS

Porém, justiça seja feita: quando se trata de falar sobre a imensidão das distâncias entre as estrelas, inteligências superiores à do autor da introdução do Guia do Mochileiro *também fracassaram. Há quem peça ao leitor que imagine um amendoim em Londres e uma noz das pequenas em Joanesburgo, entre outras comparações estonteantes.*

A simples verdade é que as distâncias interestelares estão além da imaginação humana.

Até mesmo a luz, que se desloca tão depressa que a maioria das espécies de seres vivos leva milênios para descobrir que ela se move, demora para se deslocar de uma estrela a outra. Ela leva oito minutos para ir do Sol até o lugar onde ficava antigamente a Terra, e mais quatro anos para chegar à estrela mais próxima ao Sol, a Alfa do Centauro.

Para chegar até o outro lado da Galáxia — a Damogran, por exemplo — demora muito mais: quinhentos mil anos.

O tempo mais rápido em que um mochileiro cobriu essa distância foi pouco menos de cinco anos, mas desse jeito a pessoa não aproveita nada da paisagem.

O Guia do Mochileiro das Galáxias *afirma que, com os pulmões cheios de ar, é possível sobreviver no vácuo total por cerca de trinta segundos. Porém afirma também que, sendo o espaço estonteantemente grande do jeito que é, a probabilidade de ser salvo por outra nave durante esse período de trinta segundos é da ordem de uma chance em duas elevado a 276.709.*

DOUGLAS ADAMS

Por uma coincidência absolutamente inacreditável, esse é o mesmo número do telefone de um apartamento em Islington onde Arthur uma vez foi a uma festa ótima e conheceu uma garota ótima que ele não conseguiu ganhar — ela acabou saindo com um penetra.

Embora o planeta Terra, o apartamento de Islington e o telefone tenham sido todos destruídos, não deixa de ser um consolo saber que, de algum modo, eles foram homenageados pelo fato de que, 29 segundos depois, Ford e Arthur foram salvos.

9

Um computador disparou quando percebeu que uma câmara de descompressão se abriu e se fechou sozinha, sem nenhuma razão.

Isso porque a Razão, naquele exato momento, estava tomando um cafezinho.

Um buraco acabara de aparecer na Galáxia. Tinha exatamente um zerézimo de centímetro de largura e muitos milhões de anos-luz de comprimento.

Quando se fechou, um monte de chapéus de papel e balõezinhos de borracha saíram dele e se espalharam pelo Universo. Um grupo de sete analistas de mercado de 1,5 metro de altura também saiu do buraco e morreu logo em seguida, em parte por asfixia, em parte de espanto.

Duzentos e trinta e nove mil ovos estrelados também saíram, materializando-se sob a forma de uma grande omelete na terra de Poghril, no sistema de Pansel, onde havia muita fome.

DOUGLAS ADAMS

Toda a tribo de Poghril morrera de fome, com exceção de um último homem, que morreu de intoxicação por colesterol algumas semanas depois.

O zerézimo de segundo durante o qual o buraco existiu teve as mais improváveis repercussões no passado e no futuro. Num passado remotíssimo, ele causou perturbações profundas num pequeno grupo aleatório de átomos que cruzavam o espaço vazio e estéril, fazendo com que se agrupassem das maneiras mais extraordinárias. Esses agrupamentos rapidamente aprenderam a se reproduzir (era essa uma das características mais extraordinárias deles) e acabaram causando perturbações muito sérias em todos os planetas onde foram parar. Foi assim que começou a vida no Universo.

Cinco selvagens Redemoinhos de Eventos se formaram, numa violenta tempestade irracional, e vomitaram uma calçada.

Na calçada, arquejantes como peixes moribundos, estavam Ford Prefect e Arthur Dent.

— Eu não disse? — exultou Ford, ofegante, tentando agarrar-se à calçada, que nesse momento atravessava o Terceiro Domínio do Desconhecido. — Eu disse que ia pensar em alguma coisa.

— É, é claro — disse Arthur. — Claro.

— Grande ideia minha — disse Ford —, achar uma nave passando por perto e ser salvo por ela.

130

O GUIA DO MOCHILEIRO DAS GALÁXIAS

O universo real se retorcia sob eles assustadoramente. Diversos universos falsos passavam silenciosamente por ali, como cabritos-monteses. A luz primal explodiu, espirrando pelo espaço-tempo como coalhada derramada. O tempo floresceu, a matéria encolheu. O maior número primo se acocorou quietinho num canto, para nunca mais ser descoberto.

— Ah, essa não — disse Arthur. — A probabilidade de isso acontecer era infinitesimal.

— Não reclame, deu certo — disse Ford.

— Que espécie de nave é esta? — perguntou Arthur.

A seus pés, o abismo da eternidade bocejava.

— Não sei. Ainda não abri os olhos.

— Nem eu.

O Universo saltou, congelou, estremeceu e se espalhou em diversas direções inesperadas.

Arthur e Ford abriram os olhos e espiaram ao redor, muito espantados.

— Meu Deus — disse Arthur —, isto aqui é igualzinho ao calçadão da praia de Southend.

— Pô, é um alívio ouvir você dizer isso — disse Ford.

— Por quê?

— Porque achei que estava ficando maluco.

— E talvez esteja mesmo. Talvez você tenha apenas imaginado que eu disse isso.

131

Ford pensou nessa possibilidade.

— Bem, afinal, você disse ou não disse? — perguntou ele.

— Acho que sim.

— Vai ver nós dois estamos ficando malucos.

— É — concordou Arthur. — Pensando bem, só mesmo um maluco poderia pensar que isto aqui é Southend.

— Bem, você acha que isto aqui é mesmo Southend?

— Acho, sim.

— Eu também.

— Portanto, devemos estar malucos.

— Um bom dia pra ficar maluco.

— É — disse um maluco que passava por ali.

— Quem é esse? — perguntou Arthur.

— Quem? Aquele cara com cinco cabeças e com um pé de sabugueiro carregadinho de filhotes de salmão?

— É.

— Não sei, não. Um cara qualquer.

— Ah.

Ficaram os dois sentados na calçada, vendo, um pouco preocupados, crianças enormes quicando pesadamente na areia e cavalos selvagens correndo pelo céu, levando grades reforçadas para as Regiões Incertas.

— Sabe — disse Arthur, com um pigarro —, se estamos mesmo em Southend, tem alguma coisa esquisita aqui...

— Você está se referindo ao fato de que o mar está parado

O GUIA DO MOCHILEIRO DAS GALÁXIAS

como uma pedra e os edifícios formam ondas sem parar? – perguntou Ford. – É, eu também estranhei. Aliás – acrescentou ele no momento em que, com uma grande explosão, Southend se partiu em seis pedaços iguais, que começaram a rodar uns ao redor dos outros, com gestos lascivos e lúbricos –, no geral, há alguma coisa bem esquisita por aqui.

Uma barulhada infernal de canos e cordas veio trazida pelo vento; bolinhos quentes pipocaram do chão, a dez pence cada um; peixes horrorosos choveram do céu, e Arthur e Ford resolveram sair correndo.

Atravessaram densas muralhas de som, montanhas de pensamento arcaico, vales de música suave, péssimas seções de sapatos e morcegos bobos, e de repente ouviram uma voz feminina.

Parecia uma voz bastante sensata, porém ela disse apenas o seguinte:

– Dois elevado a cem mil contra um e diminuindo. – Mais nada.

Ford escorregou por um raio de luz e correu para todos os lados tentando descobrir de onde vinha a voz, mas não encontrou nada em que pudesse realmente acreditar.

– Que voz foi essa? – gritou Arthur.

– Não sei, não – gritou Ford. – Não sei. Parecia um cálculo de probabilidade.

– Probabilidade? Como assim?

133

DOUGLAS ADAMS

– Probabilidade. Assim, tipo dois contra um, três contra um, cinco contra quatro. A voz falava numa probabilidade de dois elevado a cem mil contra um. É uma probabilidade mínima.

Um vasilhame contendo 1 milhão de litros de creme de leite se despejou sobre eles.

– Mas o que significa isso? – exclamou Arthur.

– O quê, o creme de leite?

– Não, esse cálculo de probabilidade.

– Não sei. Não faço ideia. Acho que estamos em algum tipo de espaçonave.

– Uma coisa eu garanto – disse Arthur. – Esta não é a primeira classe.

A textura do espaço-tempo começou a formar calombos, calombos grandes e feios.

– Haaaaauuuurgghhh... – disse Arthur, sentindo que seu corpo amolecia e se dobrava em direções inusitadas. – Southend parece estar se desmanchando... as estrelas estão rodopiando... poeira pra todo lado... minhas pernas estão resvalando para o poente... meu braço esquerdo se soltou do corpo também... – Ocorreu-lhe um pensamento assustador: – Pô, como é que eu vou mexer no meu relógio digital agora? – Revirou os olhos, em desespero, na direção de Ford. – Ford, você está virando um pinguim. Pare com isso.

134

O GUIA DO MOCHILEIRO DAS GALÁXIAS

A voz foi ouvida mais uma vez:

— Dois elevado a 75 mil contra um e diminuindo.

Ford rodopiava em sua poça, num círculo furioso.

— Ei, quem é você? — disse ele, com voz de Pato Donald.

— Onde você está? O que está acontecendo aqui? E como é que a gente pode parar com isso?

— Por favor, relaxem — disse a voz, num tom agradável, como uma aeromoça em um avião com apenas uma asa e dois motores, um dos quais pegando fogo. — Vocês não estão correndo o menor perigo.

— Mas essa não é a questão! — disse Ford, irritado. — A questão é que agora sou um pinguim que não corre o menor perigo, e meu amigo daqui a pouco não vai ter mais membros para perder!

— Tudo bem, eles já voltaram — disse Arthur.

— Dois elevado a cinquenta mil contra um e diminuindo — disse a voz.

— É bem verdade — disse Arthur — que eles estão um pouco mais compridos do que eu estou acostumado, mas...

— Será que você não podia — grasnou Ford, com fúria — nos dizer uma coisa um pouco mais concreta?

A voz pigarreou. Um *petit-four* gigantesco foi galopando em direção ao infinito.

— Bem-vindos — disse a voz — à nave *Coração de Ouro*.

Prosseguiu a voz:

135

— Por favor, não se assustem com nada do que virem ou ouvirem. É de esperar que vocês sintam certos efeitos negativos, já que foram salvos de uma morte certa, numa probabilidade de dois elevado a 276 mil contra um, ou talvez muito mais. Estamos no momento viajando a um nível de dois elevado a 25 mil contra um e diminuindo, e voltaremos à normalidade assim que tivermos a certeza do que é de fato normal. Obrigada. Dois elevado a vinte mil contra um, diminuindo.

A voz se calou.

Ford e Arthur se viram num pequeno cubículo rosado e luminoso.

Ford estava excitadíssimo.

— Arthur! — exclamou ele. — É fantástico! Fomos salvos por uma nave movida por um Gerador de Improbabilidade Infinita! É incrível! Eu já tinha ouvido falar sobre isso antes! Esses boatos sempre foram oficialmente negados, mas devem ser verdade! Eles conseguiram! Construíram o Gerador de Improbabilidade Infinita! Arthur, é... Arthur? O que está acontecendo?

Arthur estava se apertando contra a porta do cubículo, tentando mantê-la fechada, mas a porta não encaixava bem no vão. Diversas mãozinhas peludas estavam se introduzindo pela fresta, com os dedos sujos de tinta; vozinhas agudas tagarelavam incessantemente.

136

O GUIA DO MOCHILEIRO DAS GALÁXIAS

Arthur olhou para Ford.

— Ford! — exclamou ele. — Há um número infinito de macacos lá fora querendo falar conosco sobre um roteiro que eles fizeram, uma adaptação de *Hamlet*.

10

O Gerador de Improbabilidade Infinita é uma nova e maravilhosa invenção que possibilita atravessar imensas distâncias interestelares num simples zerézimo de segundo, sem toda aquela complicação e chatice de ter que passar pelo hiperespaço.

Foi descoberto por um feliz acaso, e daí desenvolvido e posto em prática como método de propulsão pela equipe de pesquisa do governo galáctico em Damogran.

Em resumo, foi assim a sua descoberta:

O princípio de gerar pequenas quantidades de improbabilidade *finita* simplesmente ligando os circuitos lógicos de um Cérebro Subméson Bambleweeny 57 a uma impressora de vetor atômico suspensa num produtor de movimentos brownianos intensos (por exemplo, uma boa xícara de chá quente) já era, naturalmente, bem conhecido – e tais geradores eram frequentemente usados para quebrar o gelo em festas, fazendo com que todas as moléculas da calcinha da anfitriã se deslocassem 30

O GUIA DO MOCHILEIRO DAS GALÁXIAS

centímetros para a direita, de acordo com a Teoria da Indeterminação.

Muitos físicos respeitáveis afirmavam que não admitiam esse tipo de coisa – em parte porque era uma avacalhação da ciência, mas principalmente porque eles não eram convidados para essas festas.

Outra coisa que não suportavam era não conseguir construir uma máquina capaz de gerar o campo de improbabilidade *infinita* necessário para propulsionar uma nave através das distâncias estarrecedoras existentes entre as estrelas mais longínquas, e terminaram anunciando, contrafeitos, que era praticamente impossível construir um gerador desses.

Então, um dia, um aluno encarregado de varrer o laboratório depois de uma festa particularmente ruim desenvolveu o seguinte raciocínio:

Se uma tal máquina é *praticamente* impossível, então logicamente se trata de uma improbabilidade *finita*. Assim, para criar um gerador desse tipo é só calcular exatamente quanto ele é improvável, alimentar essa cifra no gerador de improbabilidades finitas, dar-lhe uma xícara de chá pelando... e ligar!

Logo, foi o que fez, e ficou surpreso ao descobrir que havia finalmente conseguido criar o ambicionado Gerador de Improbabilidade Infinita a partir do nada.

Ficou ainda mais surpreso quando, logo após receber o

DOUGLAS ADAMS

Prêmio da Extrema Engenhosidade concedido pelo Instituto Galáctico, foi linchado por uma multidão exaltada de físicos respeitáveis, que finalmente se deram conta de que a única coisa que eram realmente incapazes de suportar era um estudante metido a besta.

11

A cabine de controle à prova de improbabilidade na nave *Coração de Ouro* parecia a de uma espaçonave perfeitamente convencional; a única diferença é que era perfeitamente limpa, por ser tão nova. De alguns dos bancos ainda nem haviam sido removidos os plásticos protetores. A cabine era basicamente branca, retangular, do tamanho de um restaurante pequeno. Na verdade, não era perfeitamente retangular: as duas paredes mais compridas eram ligeiramente curvas, paralelas, e todos os ângulos e cantos eram cheios de protuberâncias decorativas. De fato, teria sido bem mais simples e mais prático fazer uma cabine retangular tridimensional normal, mas isso deixaria os autores do projeto deprimidos. Fosse como fosse, a cabine parecia arrojadamente funcional, com grandes telas de vídeo por cima do painel do sistema de controle e navegação na parede côncava e longas fileiras de computadores embutidos na parede convexa. Num dos cantos havia um robô sentado, com a cabeça de aço reluzente caída entre os joelhos de aço reluzente. O robô também era bem novo, mas, embora fosse muito bem-feito e lustroso, dava a impressão de que as diferentes peças de seu corpo mais ou menos humanoide não casavam bem umas com as outras. Na verdade, elas se encaixavam perfeitamente, mas havia algo no porte do robô que dava a impressão de que elas poderiam se encaixar ainda melhor.

Zaphod Beeblebrox andava nervosamente de um lado para outro, correndo a mão pelos equipamentos reluzentes, sem conseguir conter risinhos de entusiasmo.

Trillian estava debruçada sobre um conjunto de instrumentos, lendo números. O sistema de som transmitia sua voz para toda a nave.

— *Cinco contra um e diminuindo* — dizia ela. — *Quatro contra um e diminuindo... três contra um... dois... um... fator de probabilidade de um para um... atingimos a normalidade, repetindo, atingimos a normalidade.* — Desligou o microfone, mas depois o ligou de novo, com um leve sorriso nos lábios, e acrescentou: — *Se houver ainda alguma coisa que não consigam entender, é problema de vocês. Por favor, relaxem. Em breve vocês serão chamados.*

Zaphod exclamou, irritado:

— Quem são eles, Trillian?

Trillian virou a cadeira giratória para ele e deu de ombros.

— Uns caras que pelo visto pegamos em pleno espaço — disse ela. — Seção ZZ9 Plural Z Alfa.

O GUIA DO MOCHILEIRO DAS GALÁXIAS

— É, é muito simpático, Trillian — queixou-se Zaphod —, mas você não acha isso meio arriscado nas atuais circunstâncias? Afinal, somos fugitivos, e a polícia de metade da Galáxia deve estar atrás da gente. E nós parando pra dar carona. Em matéria de estilo, nota dez; mas, em matéria de sensatez, menos um milhão.

Irritado, começou a dar batidinhas num dos painéis de controle. Com jeito, Trillian empurrou sua mão antes que ele desse uma batidinha em alguma coisa importante. Ainda que tivesse inegáveis qualidades intelectuais — ostentação, fanfarronice, presunção —, Zaphod era fisicamente desajeitado e bem capaz de fazer a nave explodir com um gesto extravagante. Trillian desconfiava que ele conseguia levar uma vida tão louca e bem-sucedida principalmente por não entender jamais o verdadeiro significado de nada que ele fazia.

— Zaphod — disse ela, paciente —, eles estavam flutuando no espaço, sem qualquer proteção... Você não queria que eles morressem, não é?

— Bem, não exatamente... mas...

— Não exatamente? Não morrer, exatamente? Mas o quê? — Trillian inclinou a cabeça.

— Bem, talvez alguma outra nave os salvasse depois.

— Se demorasse mais um segundo, eles morreriam.

— Justamente. Portanto, se você tivesse se dado o tra-

143

DOUGLAS ADAMS

balho de pensar um pouquinho mais no problema, ele se resolveria por si só.

— Você ficaria satisfeito se eles morressem?

— Não exatamente satisfeito, mas...

— Seja como for — disse Trillian, voltando ao painel de controle —, não fui eu que dei carona a eles.

— Como assim? Então quem foi?

— Foi a nave.

— O quê?

— A nave. Sozinha.

— O quê?

— Quando o gerador de improbabilidade estava ligado.

— Mas isso é incrível.

— Não, Zaphod. É apenas muito improvável.

— É, isso é.

— Escute, Zaphod — disse ela, dando-lhe uns tapinhas no braço —, não se preocupe com eles. Não vão causar problema nenhum. Vou mandar o robô trazê-los até aqui. Ô Marvin!

Sentado no canto, o robô levantou a cabeça subitamente, porém, em seguida, balançou-a ligeiramente. Pôs-se de pé como se fosse uns 2 ou 3 quilos mais pesado do que era na realidade e fez um esforço aparentemente heroico para atravessar o recinto. Parou à frente de Trillian e ficou olhando por cima do ombro esquerdo da moça.

144

O GUIA DO MOCHILEIRO DAS GALÁXIAS

— Acho que devo avisá-los de que estou muito deprimi-do — disse ele, com uma voz baixa e desesperançada.

— Ah, meu Deus — murmurou Zaphod, jogando-se numa cadeira.

— Bem — disse Trillian, num tom de voz alegre e com-preensivo —, então vou passar uma tarefa pra você distrair a sua cabeça.

— Não vai dar certo — disse Marvin. — Minha mente é tão excepcionalmente grande que uma parte dela vai con-tinuar se preocupando.

— Marvin! — ralhou Trillian.

— Está bem — disse Marvin. — O que você quer que eu faça?

— Vá até a baia de entrada número dois e traga os dois seres que estão lá, sob vigilância.

Após uma pausa de um microssegundo e com uma mi-cromodulação de tom e timbre minuciosamente calculada — impossível se ofender com aquela entonação —, Marvin conseguiu exprimir todo o desprezo e horror que lhe inspi-rava tudo que é humano.

— Só isso? — perguntou ele.

— Só — disse Trillian, com firmeza.

— Não vou gostar de fazer isso — disse Marvin.

Zaphod se levantou de um salto.

— Ela não está mandando você gostar — gritou. — Limite--se a cumprir ordens, está bem?

145

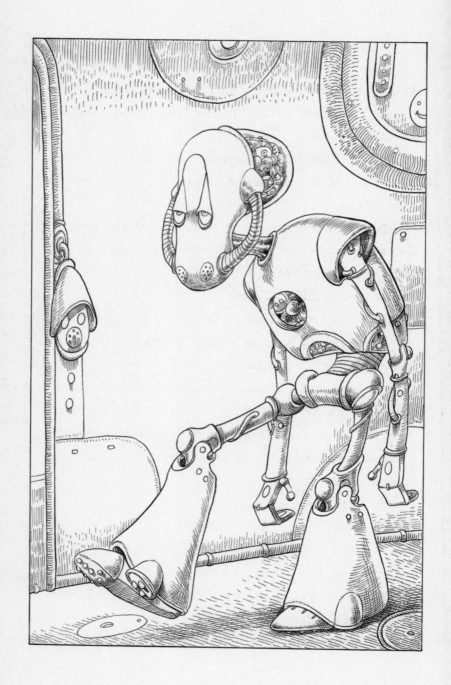

O GUIA DO MOCHILEIRO DAS GALÁXIAS

– Está bem – disse Marvin, com voz de sino rachado. – Já vou.

– Ótimo! – exclamou Zaphod. – Muito bem... obrigado...

Marvin se virou e levantou seus olhos vermelhos e triangulares para ele.

– Por acaso eu estou baixando o astral de vocês? – perguntou Marvin, patético.

– Não, não, Marvin – tranquilizou-o Trillian. – Está tudo bem.

– Porque eu não queria baixar o astral de vocês.

– Não, não se preocupe com isso – continuou Trillian, no mesmo tom. – Aja do jeito que você acha que deve agir que tudo vai dar certo.

– Você jura que não se incomoda? – insistiu Marvin.

– Não, não, Marvin, está tudo bem... É a vida – disse Trillian.

Marvin dirigiu a Zaphod um olhar eletrônico.

– Vida? – disse ele. – Não me falem de vida.

Virou-se e saiu lentamente da cabine, desolado. A porta zumbiu alegremente e se fechou com um estalido.

– Acho que não vou aguentar esse robô muito tempo, Zaphod – desabafou Trillian.

A ENCICLOPÉDIA GALÁCTICA *define "robô" como "dispositivo mecânico que realiza tarefas humanas".* O Departamento de Marketing

147

da Companhia Cibernética de Sírius define "robô" como "o seu amigão de plástico".

O Guia do Mochileiro das Galáxias *define o Departamento de Marketing da Companhia Cibernética de Sírius como "uma cambada de panacas que devem ser os primeiros a ir para o paredão no dia em que a revolução estourar". Uma nota de rodapé acrescenta que a redação do* Mochileiro *está aceitando candidatos para o cargo de correspondente de robótica.*

Curiosamente, uma edição da Enciclopédia Galáctica, *que, por um feliz acaso, caiu numa descontinuidade do tempo, vinda de mil anos no futuro, definiu o Departamento de Marketing da Companhia Cibernética de Sírius como "uma cambada de panacas que foram os primeiros a ir para o paredão no dia em que a revolução estourou".*

O CUBÍCULO ROSADO DESAPARECERA num piscar de olhos e os macacos haviam passado para uma dimensão melhor. Ford e Arthur se viram na área de embarque de uma nave. O lugar era bonito.

— Acho que esta nave é nova em folha — disse Ford.

— Como é que você sabe? — perguntou Arthur. — Você tem algum aparelho exótico que calcula a idade do metal?

— Não. Eu acabei de achar este folheto de vendas no chão, cheio de frases do tipo "Agora o Universo é todo seu". Arrá! Está vendo? Acertei.

O GUIA DO MOCHILEIRO DAS GALÁXIAS

Ford mostrou uma página do folheto para Arthur.

– Diz aqui: *Nova descoberta sensacional na física de improbabilidade. Assim que o gerador da espaçonave atinge a improbabilidade infinita, ela passa por todos os pontos do Universo. Faça os outros governos morrerem de inveja.* Puxa, coisa fina, mesmo.

Entusiasmado, Ford leu as especificações técnicas da nave, de vez em quando soltando uma interjeição de espanto. Pelo visto, a astrotecnologia galáctica havia progredido muito durante seus anos de exílio.

Arthur ficou ouvindo os detalhes técnicos que Ford lia, mas, como não entendia quase nada, começou a pensar em outras coisas, enquanto seus dedos deslizavam por uma incompreensível fileira de computadores, até apertar um botão vermelho e tentador num painel. Imediatamente o painel se iluminou, com os dizeres: *Favor não apertar este botão outra vez.* Arthur ficou quieto na mesma hora.

– Escute só – disse Ford, ainda fascinado pelo folheto. – Diz coisas fantásticas sobre a cibernética da nave. *Uma nova geração de robôs e computadores da Companhia Cibernética de Sírius, contando com o novo recurso de PHG.*

– O que é PHG? – perguntou Arthur.

– Diz que é "Personalidade Humana Genuína".

– Que coisa horrível – disse Arthur.

– Põe "horrível" nisso – disse uma voz atrás deles.

Era uma voz baixa, desesperançada; foi seguida de um

149

leve estalido. Os dois se viraram e viram um homem de aço, arrasado, todo encolhido, à porta do compartimento.

– O quê? – disseram os dois.

– É horrível – prosseguiu Marvin. – Tudo isso. Medonho. Melhor nem falar nisso. Vejam esta porta – disse, entrando. Os circuitos de ironia começaram a atuar sobre seu modulador de voz, e Marvin começou a parodiar o estilo do folheto de vendas: – *Todas as portas desta nave são alegres e bem-humoradas. É um prazer para elas abrir para você e fechar de novo com a consciência de quem fez um serviço bem-feito.*

Ao se fechar, a porta realmente parecia dar um suspiro de satisfação: "Hummmmmmmmmmmmmmmmm ah!"

Marvin a encarou com fria repulsa, enquanto seus circuitos lógicos, cheios de asco, consideravam a possibilidade de agredir a porta fisicamente. Outros circuitos, porém, intervieram, dizendo: "Pra quê? Não vai adiantar mesmo. Nunca vale a pena se envolver." Enquanto isso, outros circuitos se divertiam analisando os componentes moleculares da porta e dos neurônios dos humanoides. Para terminar, mediram também o nível de emissões de hidrogênio no parsec cúbico de espaço a seu redor e depois se desligaram de novo, chateados. Um espasmo de desespero sacudiu o corpo do robô, que se virou para os dois.

– Vamos – disse ele. – Me mandaram buscar vocês e levá-los até a ponte de comando. Pois é. Eu, com um cére-

O GUIA DO MOCHILEIRO DAS GALÁXIAS

bro do tamanho de um planeta, e eles me mandam buscar vocês e levar até a ponte de comando. Que tal isso como realização profissional?

Virou-se e voltou à porta odiosa.

— Ah, desculpe — disse Ford, seguindo-o —, mas a que governo pertence esta nave?

Marvin ignorou a pergunta.

— Olhe bem pra esta porta — sussurrou ele. — Ela vai abrir agora. Sabe como é que eu sei? Por causa do ar de autocomplacência insuportável que ela gera nessas ocasiões.

Com um gemidinho manhoso, a porta se abriu outra vez e Marvin saiu, pisando com força.

— Vamos — disse ele.

Os dois o seguiram rapidamente e a porta se fechou, com uma série de estalinhos e gemidinhos de contentamento.

— Agradeçam ao Departamento de Marketing da Companhia Cibernética de Sírius — disse Marvin, e foi subindo, desolado, o corredor curvo e reluzente. — *Vamos construir robôs com Personalidades Humanas Genuínas,* eles disseram. Resultado: eu. Sou um protótipo de personalidade. Nem dá pra perceber, não é?

Ford e Arthur, sem graça, murmuraram que não.

— Detesto essa porta — insistiu Marvin. — Não estou baixando o astral de vocês, estou?

— A que governo...? — insistiu Ford.

151

DOUGLAS ADAMS

– Nenhum – respondeu o robô. – Foi roubada.

– Roubada?

– Roubada? – disse Marvin, imitando-o.

– Por quem?

– Zaphod Beeblebrox.

Uma coisa extraordinária aconteceu com o rosto de Ford. No mínimo cinco expressões diferentes e perfeitamente distintas de choque e espanto se acumularam sobre ele, formando uma barafunda fisionômica. Sua perna esquerda, que estava no ar naquele instante, teve dificuldade para encontrar o chão de novo. Ford olhava para o robô e tentava contrair seus músculos dartoides.

– Zaphod Beeblebrox...? – disse, em voz baixa.

– Desculpe, será que eu disse algo que não devia dizer? – disse Marvin, seguindo em frente sem se virar. – Desculpem-me por respirar, embora eu nunca respire de fato, então nem sei por que estou dizendo isso. Ah, meu Deus, estou tão deprimido! Mais uma porta metida a besta. Ah, vida! Não me falem de vida.

– Ninguém falou de vida – retrucou Arthur, irritado. – Ford, você está bem?

Ford se virou para ele.

– Eu ouvi mal ou esse robô falou em Zaphod Beeblebrox?

12

Uma música barulhenta e vulgar encheu a cabine de controle da nave *Coração de Ouro* enquanto Zaphod percorria as estações do rádio Subeta para tentar ouvir alguma notícia a respeito de si próprio. Aquela máquina era difícil de operar. Durante muito tempo, os rádios foram controlados por botões de apertar e de rodar; depois a tecnologia se sofisticou e bastava roçar os dedos no painel; agora era só fazer um sinal com a mão a distância em direção ao rádio. Realmente, dava bem menos trabalho, mas obrigava a pessoa a ficar quietinha se ela quisesse ficar escutando a mesma estação.

Zaphod mexeu com a mão e a estação mudou outra vez. Mais música vagabunda, só que dessa vez era o prefixo de um boletim de notícias. O noticiário era sempre editado de modo a corresponder ao ritmo da música de fundo. Dizia o locutor:

— ... e reportagens via faixa Subeta, irradiadas para toda a Galáxia dia e noite... E um bom dia para todas as formas de vida *inteligentes em toda a Galáxia... A grande notícia de hoje, é claro, é o sensacional roubo da nave-protótipo com o Gerador de Improbabilidade Infinita, cometido por ninguém menos que o presidente da Galáxia, Zaphod Beeblebrox. E o que todos querem saber é se o Grande Z. B. finalmente pirou de vez. Beeblebrox, o homem que inventou a Dinamite Pangaláctica, ex-vigarista, uma vez citado por T. Eccentrica Gallumbits como um homem capaz de proporcionar a uma mulher uma sensação semelhante ao Big-Bang da Criação, recentemente eleito pela sétima vez a Criatura Racional Mais Malvestida de Todo o Universo Conhecido... Qual será a dele desta vez? Perguntamos a seu terapeuta cerebral, Gag Halfrunt...*

O fundo musical cresceu e diminuiu logo em seguida, e

ouviu-se uma outra voz, provavelmente Halfrunt: *Bem, a senhorr Zaphorr serr uma criaturra muita...* Nesse momento, um lápis elétrico arremessado do outro lado da cabine desligou a distância o aparelho de rádio. Zaphod se virou irritado para Trillian — fora ela quem jogara o lápis.

— Por que você fez isso? — perguntou ele.

Trillian estava tamborilando uma tela cheia de números.

— Acabo de ter uma ideia — disse ela.

— É mesmo? Tão importante que vale a pena interromper um noticiário a meu respeito?

— Você já devia estar cansado de ouvir falar de você mesmo.

— Sou um cara muito inseguro. Você sabe.

— Será que dava pra gente deixar de lado o seu ego só um minutinho? É uma coisa importante.

— Se tem aqui alguma coisa mais importante que meu ego, que seja imediatamente presa e fuzilada — disse Zaphod, olhando para ela zangado. Depois começou a rir.

— Escute — disse ela —, nós pegamos os tais caras...

— Que caras?

— Os dois caras que a gente pegou.

— Ah, sei — disse Zaphod. — Aqueles dois caras.

— Eles estavam no setor ZZ9 Plural Z Alfa.

— Sei — disse Zaphod, sem entender.

— Isso não lhe diz nada? — disse Trillian, em voz baixa.

DOUGLAS ADAMS

— Humm — disse Zaphod —, ZZ9 Plural Z Alfa, ZZ9 Plural Z Alfa?

— E então? — insistiu Trillian.

— Ah... o que quer dizer Z? — perguntou Zaphod.

— Qual deles?

— Qualquer um deles.

Uma das coisas que Trillian achava mais difícil no seu relacionamento com Zaphod era saber quando ele estava fingindo ser burro só para desarmar as pessoas, quando estava fingindo ser burro porque estava com preguiça de pensar e queria que os outros fizessem isso por ele, quando estava fingindo ser terrivelmente burro para ocultar o fato de que não estava entendendo o que estava acontecendo e quando realmente era burrice mesmo. Ele tinha fama de ser inteligentíssimo — e sem dúvida era —, mas não o tempo todo, coisa que evidentemente o preocupava; daí os fingimentos. Preferia que as pessoas ficassem intrigadas a que o encarassem com desprezo. Era isso que Trillian achava a maior burrice de todas, mas ela já desistira de discutir o assunto.

Trillian suspirou e apertou um botão. Apareceu um mapa estelar na tela. Ela resolvera trocar tudo em miúdos para ele, qualquer que fosse o motivo pelo qual ele não queria entendê-la.

— Ali — disse ela, apontando. — Bem ali.

— Ah... sei! — disse Zaphod.

156

O GUIA DO MOCHILEIRO DAS GALÁXIAS

– E então?

– Então o quê?

Uma parte da mente de Trillian gritava com outras partes de sua mente. Muito calma, ela respondeu:

– É o mesmo setor em que você me pegou quando a gente se conheceu.

Zaphod olhou para ela e depois olhou de volta para a tela.

– É mesmo – disse ele –, mas que loucura! A gente devia ter ido direto para a nebulosa da Cabeça de Cavalo. Como é que fomos parar aí? Realmente, isso aí fica no meio do nada.

Trillian ignorou o comentário.

– Improbabilidade infinita – disse ela, paciente. – Foi você mesmo que me explicou. A gente passa por todos os pontos do Universo, você sabe.

– É, mas é uma tremenda coincidência, não é?

– É.

– Pegar uma pessoa naquele lugar? Dentre todos os lugares no Universo? É, realmente... Quero calcular isso. Computador!

O computador de bordo da Companhia Cibernética de Sírius que controlava todas as partículas da nave entrou na comunicação.

– Oi, gente! – disse ele, muito alegrinho, e ao mesmo tempo cuspiu um pedaço de fita perfurada para fins de registro. Na fita perfurada estava escrito *Oi, gente!*.

157

DOUGLAS ADAMS

– Ah, meu Deus – disse Zaphod. Estava trabalhando com aquele computador há pouco tempo, mas já o detestava.

O computador continuou, no tom de voz esfuziante de quem está tentando vender detergente:

– Olhem, quero que saibam que, seja qual for o problema que tiverem, eu estou aqui pra resolvê-lo, está bem?

– Está bem, está bem – disse Zaphod. – Escute, acho que eu mesmo vou calcular isso na ponta do lápis.

– Tudo bem – disse o computador, ao mesmo tempo que ia cuspindo sua mensagem dentro de uma cesta de papéis.
– Eu entendo. Mas se você quiser qualquer...

– Cale a boca! – gritou Zaphod. Pegando um lápis, foi se sentar ao lado de Trillian, junto ao painel de controle.

– Está bem, está bem... – disse o computador, num tom de voz magoado, desligando seu canal de fala.

Zaphod e Trillian começaram a examinar as cifras que o rastreador de trajetória navegacional de improbabilidade exibia na tela à sua frente.

– Dá pra gente calcular – perguntou Zaphod – qual a improbabilidade de eles serem salvos, do ponto de vista deles?

– Dá, é uma constante – disse Trillian. – Dois elevado a 276.709 contra um.

– É bem alta. Esses dois têm sorte, hein?
– É.

O GUIA DO MOCHILEIRO DAS GALÁXIAS

— Mas em relação ao que nós estávamos fazendo quando a nave pegou os dois...

Trillian deu entrada nos números. A tela exibiu a improbabilidade de dois elevado a infinito menos um contra um (um número irracional que só tem significado convencional na física de improbabilidade).

— ... é bem baixa — prosseguiu Zaphod, com um assobio de espanto.

— É — concordou Trillian, olhando para ele com um ar de perplexidade.

— É uma improbabilidade boçalmente difícil de ser explicada. Tem que aparecer alguma coisa muito improvável pra compensar, pra que o saldo seja um número razoável.

Zaphod rabiscou uns cálculos, riscou-os e jogou o lápis longe.

— Que droga, não dá pra calcular.

— E então?

Zaphod bateu com uma das cabeças na outra, de irritação, e trincou os dentes.

— Está bem — disse ele. — Computador!

Os circuitos de voz foram ligados novamente.

— Opa, tudo bem! — exclamou o computador (e toca a sair a fitinha perfurada). — Eu só quero é facilitar a sua vida cada vez mais, e mais, e mais...

— Sei. Pois cale a boca e calcule um negócio pra mim.

159

DOUGLAS ADAMS

— Mas claro — disse o computador. — Você quer uma previsão de probabilidade baseada em...

— Em dados de improbabilidade, isso.

— Sei — disse o computador. — Ei, vou lhe dizer uma coisa interessante. Sabia que a vida da maioria das pessoas é regida por números de telefone?

Um dos rostos de Zaphod assumiu uma expressão constrangida, logo copiada pelo outro.

— Você pirou? — perguntou ele.

— Não, mas você vai pirar quando eu contar que...

Trillian soltou uma interjeição de espanto. Mexeu nos botões da tela de trajetória de voo.

— Números de telefone! — exclamou. — Essa coisa falou em *números de telefone*?

Apareceram números na tela.

O computador fez uma pausa, por uma questão de delicadeza, e depois prosseguiu:

— O que eu ia dizer é que...

— Não precisa, não, por favor — disse Trillian.

— Afinal, o que foi? — perguntou Zaphod.

— Não sei — disse Trillian —, mas aquelas duas criaturas estão vindo para cá com aquele robô desgraçado. Dá pra gente focalizá-las com as câmeras de monitoração?

160

13

Marvin subia o corredor, ainda gemendo.

— Além disso, os meus diodos do lado esquerdo doem que é um horror...

— Não diga — disse Arthur, irritado, caminhando a seu lado. — É mesmo?

— É, sim — disse Marvin. — Já pedi pra trocarem esses diodos, mas ninguém me dá atenção.

— É. Sei.

Ford emitia assobios e outros sons vagos e repetia em voz baixa:

— Ora, ora; quer dizer que o Zaphod Beeblebrox...

De repente, Marvin parou e levantou um dos braços.

— Você sabe o que aconteceu agora, não é?

— Não. O quê? — perguntou Arthur, que no fundo não estava interessado em saber.

— Chegamos a mais uma daquelas portas.

Havia uma porta de correr dando para o corredor. Marvin a encarou, desconfiado.

DOUGLAS ADAMS

— E aí? — perguntou Ford, impaciente. — Vamos entrar?

— *Vamos entrar?* — debochou Marvin. — É. Aqui é a entrada da ponte de comando. Me mandaram buscar vocês e trazer até aqui. Provavelmente é a tarefa de hoje que vai exigir mais das minhas capacidades intelectuais.

Lentamente e cheio de asco, o robô se aproximou da porta, como um caçador tocaiando sua presa. De repente, a porta se abriu.

— *Muito obrigada* — disse ela — *por fazer uma simples porta muito feliz.*

No tórax de Marvin, algumas engrenagens rangeram.

— Gozado — disse ele, cavernoso —, justamente quando você pensa que a vida não pode ser pior, de repente ela piora ainda mais.

Jogou-se porta adentro e deixou Ford e Arthur olhando um para a cara do outro e dando de ombros. Ouviram a voz de Marvin vindo de dentro da cabine:

— Imagino que vocês queiram ver os alienígenas agora. Querem que eu fique sentado num canto criando ferrugem ou apodrecendo em pé mesmo?

— É só mandar que eles entrem, está bem, Marvin? — disse outra voz.

Arthur olhou para Ford e se surpreendeu ao ver que ele estava rindo.

— O que...?

162

O GUIA DO MOCHILEIRO DAS GALÁXIAS

— Psss — disse Ford. — Vamos.

E passou pela porta.

Arthur foi atrás, nervoso, e viu com espanto um homem refestelado numa cadeira com os pés em cima do painel central de controle, palitando os dentes da cabeça direita com a mão esquerda. A cabeça direita parecia estar inteiramente absorta nessa tarefa, mas a esquerda sorria de modo jovial e simpático. Havia um número razoavelmente grande de coisas que Arthur via sem acreditar no que estava vendo. Seu queixo ficou caído por algum tempo.

O homem esquisito acenou preguiçosamente para Ford e, com um tom de voz de informalidade e descontração que era absolutamente falso, disse:

— Oi, Ford, tudo bem? Um prazer ver você por aqui.

Ford não fez por menos:

— Quanto tempo, Zaphod! Você está ótimo, esse terceiro braço ficou muito bem em você. Que beleza de nave você roubou, hein?

Arthur arregalou os olhos para Ford.

— Quer dizer que você conhece esse cara? — perguntou, apontando para Zaphod com um dedo trêmulo.

— Se eu o conheço!? — exclamou Ford. — Ora, ele... — Fez uma pausa e resolveu começar as apresentações por Zaphod. — Ah, Zaphod, este aqui é Arthur Dent, amigo meu. Eu o salvei quando o planeta dele explodiu.

163

— Ah, sei — disse Zaphod. — Oi, Arthur! Que bom que você escapou, não é? — Sua cabeça direita olhou ao redor com indiferença, disse "oi" e se entregou de novo ao palito.

Ford prosseguiu:

— Arthur, este aqui é meu semiprimo Zaphod Beeb...

— Já nos conhecemos — disse Arthur, seco.

Quando você está correndo na estrada, na pista de alta velocidade, e passa na maior tranquilidade uma fileira de carros que estão dando tudo, e você está muito satisfeito da vida, e de repente você vai mudar a marcha e em vez de passar da quarta para a terceira passa por engano para a primeira, e o motor é cuspido para fora do capô, todo arrebentado, a sensação que você tem é mais ou menos a que Ford sentiu quando ouviu o comentário de Arthur.

— Ah... o quê?

— Eu disse que já nos conhecemos.

Zaphod levou um susto, enfiando o palito na gengiva.

— Espere aí, você disse que nós... Quer dizer que...? Ah...

Ford se virou para Arthur com raiva nos olhos. Agora que ele se sentia em casa de novo, de repente começou a se arrepender de ter trazido consigo aquele ser primitivo e ignorante, que entendia tanto de política galáctica quanto uma mosca inglesa entende da vida em Pequim.

— Como é que você pode conhecê-lo? — perguntou ele.

O GUIA DO MOCHILEIRO DAS GALÁXIAS

— Este aqui é Zaphod Beeblebrox de Betelgeuse, e não o Martin Smith lá de Croydon.

— Pois já nos conhecemos — teimou Arthur, frio. — Não é mesmo, Zaphod Beeblebrox... ou, se você preferir, Phil?

— O quê? — gritou Ford.

— Você vai ter que me refrescar a memória — disse Zaphod. — Tenho uma cabeça horrível para espécies.

— Foi numa festa — insistiu Arthur.

— Olhe, eu acho difícil — disse Zaphod.

— Pare com isso, Arthur! — ordenou Ford.

Arthur não desistiu:

— Uma festa, seis meses atrás. Na Terra... Na Inglaterra...

Zaphod balançou a cabeça, apertando os lábios e sorrindo.

— Londres — prosseguiu Arthur. — Islington.

— Ah — disse Zaphod, subitamente com um olhar cheio de culpa. — *Aquela festa.*

Essa foi de mais para Ford. Ele olhava de Arthur para Zaphod e de Zaphod para Arthur.

— Você está me dizendo que também esteve naquela porcaria daquele planetinha?

— Não, claro que não — disse Zaphod, sorridente. — Bem, pode ser que eu tenha dado um pulinho lá, só de passagem, sabe, indo pra outro lugar qualquer...

— Pois eu fiquei preso lá quinze anos!

— Bem, como eu poderia saber?

165

— Mas o que é que você estava fazendo lá?

— Nada, só olhando.

— Ele entrou numa festa de penetra — disse Arthur, tremendo de raiva. — Uma festa a rigor.

— Você não faz por menos, não é? — disse Ford.

— Nessa festa — prosseguiu Arthur —, tinha uma garota que... ora, deixe isso pra lá. O planeta todo desapareceu, afinal...

O GUIA DO MOCHILEIRO DAS GALÁXIAS

— Você também não para de ruminar sobre essa porcaria desse planeta — disse Ford. — Quem era a moça?

— Ah, uma garota, sei lá. É, admito que eu não estava conseguindo me dar bem com ela. Tentei a noite inteira. Mas ela era um barato. Linda, charmosa, inteligentíssima; finalmente eu consegui entrar na dela e estava levando uma conversa quando este seu amigo me aparece em cena e diz assim: *Ô coisa linda, esse cara está chateando você? Por que você não vem conversar comigo? Eu sou de outro planeta.* Nunca mais vi a garota.

— Zaphod! — exclamou Ford.

— É — disse Arthur, olhando fixamente para ele e tentando não se sentir ridículo. — Ele só tinha dois braços e uma cabeça e se apresentou como Phil, mas...

— Mas você tem que reconhecer que ele era mesmo de outro planeta — disse Trillian, aproximando-se, vindo do outro lado do recinto. Dirigiu a Arthur um sorriso agradável, que o atingiu como se fosse uma tonelada de tijolos, e depois voltou aos controles da nave.

Fez-se silêncio por alguns segundos, e então do cérebro aturdido de Arthur escaparam algumas palavras:

— Tricia McMillan? O que você está fazendo aqui?

— O mesmo que você — disse ela. — Peguei uma carona. Afinal, formada em matemática e astrofísica, o que mais eu podia fazer? Se não viesse pra cá, ia ter que continuar na fila do auxílio-desemprego.

167

— Infinito menos um — disse o computador. — Soma de improbabilidade agora completa.

Zaphod olhou a seu redor, para Ford, Arthur e depois Trillian.

— Trillian — disse ele —, esse tipo de coisa vai acontecer toda vez que a gente usar o gerador de improbabilidade?

— Creio que muito provavelmente — respondeu ela.

14

A nave *Coração de Ouro* voava silenciosamente pela escuridão do espaço, agora movida pelo motor convencional, a fótons. Seus quatro passageiros estavam intranquilos, sabendo que haviam sido reunidos não pela própria vontade ou por simples coincidência, e sim por uma curiosa perversão da física – como se as relações entre pessoas fossem regidas pelas mesmas leis que regiam o comportamento dos átomos e moléculas.

Quando caiu a noite artificial da nave, todos ficaram satisfeitos de ir cada um para sua cabine e tentar acertar as suas ideias.

Trillian não conseguia dormir. Sentada num sofá, olhava fixamente para uma pequena gaiola que continha os últimos vínculos com a Terra que lhe restavam – dois ratos brancos que ela insistira em levar consigo. Jamais pretendera voltar à Terra, mas sua reação negativa ao saber que o planeta fora destruído a perturbava. Parecia algo de remoto e irreal, e ela não conseguia encontrar pensamentos apropriados a respeito. Ficou vendo os ratos zanzando de um lado para outro em sua gaiola ou correndo furiosamente sem sair do lugar numa roda de exercício; acabou ficando totalmente absorta no espetáculo dos ratos. De repente, sacudiu-se e voltou à ponte de comando para olhar as luzinhas e números que indicavam a trajetória da nave através do espaço vazio. Ela tentava descobrir qual era o pensamento que estava tentando evitar.

Zaphod não conseguia dormir. Também queria saber qual era o pensamento que não se permitia pensar. Ele sempre sofrera da sensação incômoda de não estar completamente presente. Na maior parte do tempo, conseguia pôr de lado essa ideia e não se preocupar com ela, mas tais pensamentos haviam retornado com a chegada inesperada de Ford Prefect e Arthur Dent. De algum modo, aquilo parecia fazer um sentido que ele não conseguia entender.

RATOS DE TRILLIAN

O GUIA DO MOCHILEIRO DAS GALÁXIAS

Ford não conseguia dormir. Ficara muito excitado por estar novamente com o pé na estrada. Haviam terminado seus quinze anos de exílio, justamente quando ele estava quase perdendo as esperanças. Viajar com Zaphod por uns tempos lhe parecia uma perspectiva interessante, ainda que houvesse algo de ligeiramente estranho em seu semiprimo que ele não conseguia definir com clareza. O fato de ele se tornar presidente da Galáxia era surpreendente, como também o era o modo como abandonara seu cargo. Haveria uma razão para seu gesto? Não adiantaria perguntar para ele – Zaphod jamais justificava o que fazia. Ele tornara a imprevisibilidade uma forma de arte. Fazia tudo com uma mistura de extraordinária genialidade e incompetência ingênua, sendo muitas vezes difícil saber distinguir uma coisa da outra.

Arthur dormia; estava absolutamente exausto.

ALGUÉM BATEU à porta de Zaphod. A porta se abriu.

– Zaphod...?

– Que é?

A silhueta de Trillian se desenhava à entrada da cabine.

– Acho que acabamos de encontrar o que você estava procurando.

– É mesmo?

171

FORD DESISTIU DE TENTAR dormir. No canto de sua cabine havia uma pequena tela de computador e um teclado. Sentou-se ante o terminal e tentou redigir um novo verbete a respeito dos vogons para o *Mochileiro*, mas não conseguiu pensar em nada que fosse agressivo o bastante, por isso desistiu. Vestiu um roupão e foi até a ponte de comando.

Ao entrar, surpreendeu-se ao ver duas figuras excitadas, debruçadas sobre o painel de controle.

— Está vendo? A nave está prestes a entrar em órbita — dizia Trillian. — Tem um planeta aí. Justamente nas coordenadas que você previu.

Zaphod ouviu um barulho e olhou em volta.

— Ford! Venha dar uma olhada nisso.

Ford foi dar uma olhada. Viu uma série de números na tela.

— Está reconhecendo essas coordenadas galácticas? — perguntou Zaphod.

— Não.

— Vou dar uma pista. Computador!

— Oi, pessoal! — disse o computador, simpático. — Isso aqui está virando uma festa, não é mesmo?

— Cale a boca e mostre as telas — disse Zaphod.

A iluminação da cabine diminuiu. Pontos de luz acenderam-se nos painéis, refletidos nos quatro pares de olhos que perscrutavam as telas de monitoração.

Não havia absolutamente nada nelas.

O GUIA DO MOCHILEIRO DAS GALÁXIAS

— Está reconhecendo? — cochichou Zaphod.

Ford franziu as sobrancelhas.

— Hum... não.

— O que você está vendo?

— Nada.

— Está reconhecendo?

— Sobre o que você está falando?

— Estamos na nebulosa da Cabeça de Cavalo. Uma enorme nuvem escura.

— E você queria que eu adivinhasse isso porque não aparece nada na tela?

— Os únicos lugares da Galáxia em que a tela fica preta são os interiores das nebulosas escuras.

— Muito bem.

Zaphod riu. Claramente, estava muito entusiasmado por algum motivo, uma empolgação quase infantil.

— Mas isso é incrível, isso é de mais!

— Qual o grande barato de estar dentro de uma nuvem de poeira? — perguntou Ford.

— O que você espera encontrar aqui? — retrucou Zaphod.

— Nada.

— Nenhuma estrela? Nenhum planeta?

— Nada.

— Computador! — gritou Zaphod. — Vire o ângulo de visão 180 graus, e nada de comentários bestas!

173

DOUGLAS ADAMS

Por um instante, nada aconteceu. De repente, surgiu uma luminosidade no canto do telão. Uma estrela vermelha do tamanho de um pires começou a atravessar a tela, rapidamente seguida de outra – um sistema binário. Então um grande crescente surgiu no canto da tela – um brilho vermelho que aos poucos se esvaía em negro, o lado noturno do planeta.

– Achei! – exclamou Zaphod, com um tapa no painel.

– Achei!

Ford ficou olhando para a tela, estupefato.

– O que é isso?

– Isso – respondeu Zaphod – é o planeta mais improvável que jamais existiu.

15

(Trecho de *O Guia do Mochileiro das Galáxias*,
p. 634.784, 5ª seção. Verbete: Magrathea.)

Há muito tempo, nas brumas do passado, nos dias de glória do antigo Império Galáctico, a vida era selvagem, exuberante e livre de impostos.

Grandes espaçonaves navegavam entre sóis exóticos, em busca de aventuras e riquezas nos mais remotos confins do espaço galáctico. Naqueles tempos, os espíritos eram bravos, as apostas eram altas, os homens eram homens de verdade, as mulheres eram mulheres de verdade e as criaturinhas peludas de Alfa do Centauro eram criaturinhas peludas de Alfa do Centauro de verdade. E todos

CRIATURINHA PELUDA DE ALFA DO CENTAURO

DOUGLAS ADAMS

desafiavam terrores desconhecidos para realizar feitos grandiosos e corajosamente conjugar infinitivos jamais conjugados. Assim foi forjado o Império.

Naturalmente, muitos homens enriqueceram, mas isto era natural e não era problema nenhum, pois ninguém era realmente pobre — pelo menos ninguém importante. E para todos os mercadores mais ricos, como era inevitável, a vida se tornou um tanto tediosa e insatisfatória, levando-os a pensar que isso se devia às limitações dos mundos em que eles haviam se estabelecido — nenhum deles era inteiramente satisfatório. Ou o clima não era muito bom no final da tarde, ou o dia era meia hora mais comprido do que devia ser, ou o oceano era precisamente da tonalidade errada de rosa.

Assim, surgiram circunstâncias favoráveis ao nascimento de uma espetacular indústria: a construção de planetas de luxo sob medida. A sede dessa indústria era o planeta Magrathea, cujos engenheiros hiperespaciais drenavam a matéria por buracos brancos no espaço para transformá-la em planetas de sonho — planetas de ouro, planetas de platina, planetas de borracha macia cheios de terremotos, todos eles encantadoramente feitos segundo as mais detalhadas especificações determinadas pelos homens mais ricos da Galáxia.

Mas tamanho foi o sucesso dessa indústria que o próprio planeta Magrathea logo se tornou o planeta mais rico de todos os tempos e o resto da Galáxia ficou reduzido à miséria. Assim, o sistema entrou em colapso, o Império entrou em colapso e um longo período de silêncio submergiu um bilhão de mundos famintos, um silêncio perturbado

O GUIA DO MOCHILEIRO DAS GALÁXIAS

apenas pelos ruídos das canetas dos estudiosos, que passavam suas noites em claro elaborando pequenos tratados confiantes em que defendiam o valor de uma economia política planejada.

Magrathea desapareceu e logo se transformou numa lenda obscura...

Hoje em dia, em nossos tempos esclarecidos, é claro que ninguém acredita numa palavra disso.

16

Arthur foi despertado por vozes exaltadas e se dirigiu à ponte de comando. Ford gesticulava, exaltado.

— Você está maluco, Zaphod. Magrathea é um mito, um conto de fadas que os pais contam para os filhos de noite quando querem que eles se tornem economistas quando crescerem; não passa de...

— Pois é em torno de Magrathea que estamos em órbita.

— Olhe, você em particular pode até estar em órbita em torno de Magrathea — disse Ford —, mas esta nave...

— Computador! — gritou Zaphod.

— Ah, não...

— Oi, turma! Aqui fala Eddie, seu computador de bordo. Hoje estou me sentindo muito bem, caras, e estou doidinho pra que vocês me programem do jeito que quiserem.

Arthur olhou para Trillian sem entender. Ela fez sinal para que ele entrasse, mas não dissesse nada.

— Computador — disse Zaphod —, diga novamente qual é nossa trajetória no momento.

O GUIA DO MOCHILEIRO DAS GALÁXIAS

— Com prazer, meu querido. Estamos atualmente em órbita do lendário planeta Magrathea, a uma altitude de 500 quilômetros.

— Isso não prova nada — disse Ford. — Eu não confiaria nesse computador nem mesmo para calcular meu peso.

— Posso fazer isso sem problemas — disse o computador, animado, cuspindo mais fita perfurada. — Posso até mesmo determinar seus problemas de personalidade com precisão de dez casas decimais, se você quiser.

Trillian interrompeu.

— Zaphod — disse ela —, a qualquer momento estaremos sobrevoando o lado diurno desse planeta, seja ele o que for.

— O que quer dizer com isso? O planeta está justamente onde eu previ, não é?

— É, eu sei que há um planeta lá. Não estou discutindo com ninguém. O negócio é que eu não seria capaz de distinguir Magrathea de nenhum outro pedregulho flutuando no espaço. O dia está nascendo, caso você esteja interessado.

— Está bem, está bem — murmurou Zaphod. — Pelo menos vamos apreciar a vista. Computador!

— Oi, gente! O que é...

— Cale a boca e mostre o planeta outra vez.

Novamente uma massa escura e sem detalhes discerníveis encheu as telas: era o planeta que estavam sobrevoando.

179

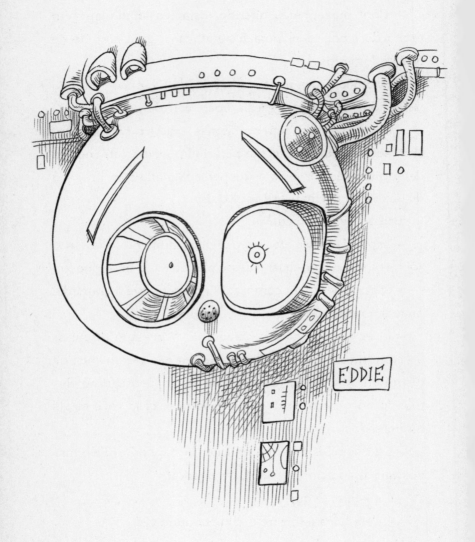

O GUIA DO MOCHILEIRO DAS GALÁXIAS

Ficaram olhando para as telas por um momento. Zaphod estava excitadíssimo.

— Ainda estamos sobrevoando o lado noturno — disse ele, em voz baixa. A imagem do planeta passava pelas telas. — A superfície do planeta está no momento a uma distância de 500 quilômetros... — prosseguiu Zaphod, tentando valorizar aquele momento que ele considerava de grande importância. Magrathea! Sentia-se ofendido pelo ceticismo de Ford. Magrathea! — Dentro de alguns segundos estaremos vendo... olhem!

Foi um momento grandioso. Mesmo o mais viajado vagabundo das estrelas não pode conter um arrepio diante de uma espetacular alvorada vista do espaço, e uma alvorada num sistema binário é uma das maravilhas da Galáxia.

Do meio da escuridão absoluta surgiu subitamente um ponto de luz ofuscante. Aos poucos foi se abrindo, formando um fino crescente e, segundos depois, dois sóis apareceram, duas fornalhas de luz, queimando o horizonte com fogo branco. Raios de cor intensa riscavam a atmosfera rarefeita do planeta.

— As luzes da aurora...! — exultava Zaphod. — Os sóis gêmeos Soulianis e Rahm...!

— Ou seja lá o que for — disse Ford baixinho.

— Soulianis e Rahm! — insistiu Zaphod.

Os sóis ardiam no negrume do espaço e ouvia-se uma

181

DOUGLAS ADAMS

música macabra no recinto: era Marvin cantarolando, sarcástico, porque detestava a espécie humana.

Ford contemplava o espetáculo de luz à sua frente, ardendo de entusiasmo; porém era apenas o entusiasmo de ver um planeta que jamais vira antes; isso lhe bastava. Irritava-o um pouco a necessidade que Zaphod tinha de criar uma fantasia ridícula para poder se empolgar com a cena. Toda essa bobagem de Magrathea lhe parecia infantil. Não basta apreciar a beleza de um jardim, sem ter que imaginar que há fadas nele?

Para Arthur, toda essa história de Magrathea era totalmente incompreensível. Virou-se para Trillian e perguntou o que estava acontecendo.

— Só sei o que Zaphod disse — cochichou. — Pelo visto, Magrathea é uma espécie de lenda antiquíssima que ninguém leva a sério. Mais ou menos como a lenda da Atlântida lá na Terra, só que dizem que os magratheanos fabricavam planetas.

Arthur olhava para a tela, sentindo falta de alguma coisa importante. De repente, deu-se conta do que era.

— Tem chá nesta nave?

Pouco a pouco ia aumentado a faixa visível do planeta que sobrevoavam. Os sóis agora estavam bem acima do horizonte, destacando-se da escuridão do céu; terminara o espetáculo pirotécnico do amanhecer e a superfície do

182

O GUIA DO MOCHILEIRO DAS GALÁXIAS

planeta parecia erma e assustadora à luz do dia – cinzenta, cheia de poeira e de contornos imprecisos. Parecia morta e fria como uma cripta. De vez em quando surgiam detalhes promissores no horizonte longínquo – desfiladeiros, talvez montanhas, quem sabe até cidades –, mas, à medida que se aproximavam, a imagem perdia a nitidez e não ficava claro do que se tratava. A superfície do planeta estava apagada pelo tempo, pelo lento movimento da atmosfera estagnada que nela roçava havia séculos.

Certamente era um planeta velhíssimo.

Por um momento, ao contemplar a paisagem cinzenta do planeta, surgiu uma dúvida na mente de Ford. A imensidão do tempo o perturbava; era uma presença palpável. Pigarreou.

– Bem, e se for...

– É – disse Zaphod.

– Não é – prosseguiu Ford. – Mas o que você quer com esse planeta? Não há nada nele.

– Não na superfície – disse Zaphod.

– Está bem. Mesmo que tenha alguma coisa, não acredito que você esteja interessado em estudar arqueologia industrial. O que está procurando?

Uma das cabeças de Zaphod desviou a vista. A outra olhou ao redor para ver o que a primeira estava vendo, mas ela não estava olhando para nada em particular.

183

DOUGLAS ADAMS

— Bem — disse Zaphod, meio vago —, em parte é curiosidade, em parte é o gosto pela aventura, mas acho que o principal é a perspectiva de fama e dinheiro...

Ford o encarou. Teve a nítida impressão de que Zaphod não tinha a menor ideia do motivo que o levara ali.

— Sabe, não fui nem um pouco com a cara desse planeta — disse Trillian, com um arrepio.

— Ah, não ligue para isso — disse Zaphod. — Com metade das riquezas do antigo Império Galáctico guardadas em algum lugar aí dentro, o planeta tem todo o direito de não ser lá essas coisas em matéria de beleza natural.

"Bobagem", pensou Ford. "Ainda que fosse mesmo a sede de uma antiga civilização já extinta, ainda que uma série de coisas muito improváveis fosse verdadeira, se houvesse de fato imensas riquezas guardadas lá, é impossível que elas tenham algum valor para a civilização atual." Deu de ombros.

— Acho que é só um planeta sem vida — disse ele.

— Esse suspense está me matando — disse Arthur, irritado.

A TENSÃO NERVOSA e o estresse são agora problemas sociais sérios em todas as partes da Galáxia, e é para não exacerbar ainda mais essa situação que vamos revelar os fatos que se seguem antecipadamente.

O planeta em questão é mesmo o lendário Magrathea.

184

O GUIA DO MOCHILEIRO DAS GALÁXIAS

O terrível ataque de mísseis que terá início em breve, desencadeado por um antigo sistema de defesa automático, resultará apenas na destruição de três xícaras de café e de uma gaiola de ratos, um braço machucado e a inoportuna criação e súbita morte de um vaso de petúnias e um inocente cachalote.

Para manter um mínimo de suspense, não diremos por enquanto a quem pertence o braço que será machucado. Esse fato pode ser mantido em segredo sem qualquer problema por ser absolutamente irrelevante.

17

Tendo começado mal o dia, a mente de Arthur estava se recompondo a partir dos fragmentos a que havia sido reduzida na véspera. Arthur encontrara uma Nutrimática, máquina que lhe dera um copo plástico cheio de um líquido que era quase, mas não exatamente, completamente diferente do chá. A máquina funcionava de maneira muito interessante. Quando o botão de bebida era apertado, ela fazia um exame instantâneo, porém altamente detalhado, das papilas gustativas do usuário, uma análise espectroscópica de seu metabolismo, e então enviava pequenos sinais experimentais por seu sistema nervoso para testar seu gosto. Porém ninguém entendia por que ela fazia tudo isso, já que invariavelmente servia um líquido que era quase, mas não exatamente, completamente diferente do chá. A Nutrimática é fabricada pela Companhia Cibernética de Sírius, cujo Departamento de Reclamações atualmente cobre todos os continentes dos três primeiros planetas do sistema estelar de Sírius Tau.

O GUIA DO MOCHILEIRO DAS GALÁXIAS

Arthur bebeu o líquido e sentiu que ele o reanimou. Olhou para as telas de novo e viu mais algumas centenas de quilômetros de deserto cinzento passarem por eles. De repente, resolveu fazer uma pergunta que o incomodava havia algum tempo.

— Não tem nenhum perigo?

— Magrathea está morto há cinco milhões de anos — disse Zaphod. — É claro que não há perigo nenhum. A esta altura, até os fantasmas já criaram juízo e estão casados e cheios de filhos.

Nesse momento, um som estranho e inexplicável foi ouvido no recinto — parecia uma fanfarra distante; um som oco, frouxo, insubstancial. Foi seguido de uma voz igualmente oca, frouxa e insubstancial.

— *Sejam bem-vindos...* — disse a voz.

Alguém estava falando com eles, daquele planeta morto.

— Computador! — gritou Zaphod.

— Oi, gente!

— O que é isso?

— Ah, alguma gravação de cinco milhões de anos que está sendo tocada para nós.

— O quê? Uma gravação?

— Psss! — exclamou Ford. — Vamos escutar.

A voz era velha, cortês, quase encantadora, porém continha um toque de ameaça inconfundível.

187

DOUGLAS ADAMS

— *Isto é uma gravação, e infelizmente não há ninguém presente no momento. O Conselho Comercial de Magrathea agradece a sua gentil visita...*

— Uma voz de Magrathea! — exclamou Zaphod.

— Está bem, você venceu — disse Ford.

— *... porém lamenta informar que todo o planeta está temporariamente fechado. Obrigado. Se tiverem a bondade de deixar seus nomes e o endereço de um planeta em que possamos contatá-los, por favor, falem após o sinal.*

Ouviu-se um zumbido e, depois, silêncio.

— Querem se livrar de nós — disse Trillian, nervosa. — O que vamos fazer?

— É só uma gravação — disse Zaphod. — Vamos em frente. Ouviu, computador?

— Ouvi, sim — disse o computador, acelerando um pouco a nave.

Esperaram.

Um ou dois segundos depois, ouviu-se a fanfarra, seguida da voz:

— *Queremos informar-lhes que, assim que reabrirmos, o fato será anunciado nas principais revistas e suplementos coloridos e nossos clientes poderão mais uma vez adquirir o que há de melhor em matéria de geografia contemporânea.* — O tom de ameaça da voz se intensificou: — *Até então, agradecemos o interesse de nossos clientes e pedimos que partam. Agora.*

Arthur olhou para os rostos nervosos de seus companheiros.

— Bem, acho melhor a gente ir embora, não é?

— Ora! — disse Zaphod. — Não há motivo para preocupação.

— Então por que todo mundo está tão nervoso?

— Estamos só interessados! — gritou Zaphod. — Computador, comece a penetrar na atmosfera e preparar para o pouso.

Desta vez a fanfarra foi só pró-forma, e a voz, bem fria:

— *É muito gratificante o seu entusiasmo em relação ao nosso planeta. Portanto, gostaríamos de lhes dizer que os mísseis teleguiados que estão no momento convergindo para sua nave fazem parte de um serviço especial que oferecemos a nossos clientes mais entusiásticos; as ogivas nucleares prontas para detonar são apenas um detalhe da cortesia. Esperamos não perder contato com vocês em vidas futuras... Obrigado.*

A voz se calou.

— Ah — exclamou Trillian.

— Hummm... — disse Arthur.

— E agora? — perguntou Ford.

— Escutem — disse Zaphod —, será que vocês não entendem? Isso é só uma mensagem gravada há milhões de anos. Não se aplica ao nosso caso, entenderam?

— E os mísseis? — perguntou Trillian, em voz baixa.

DOUGLAS ADAMS

— Mísseis? Ora, não me faça rir.

Ford deu um tapinha no ombro de Zaphod e apontou para a tela de trás. Nela viam-se claramente dois dardos prateados subindo em direção à nave. Com um aumento maior, viu-se claramente que eram dois foguetes dos grandes. Foi um choque.

— Acho que eles vão se esforçar ao máximo para que se aplique ao nosso caso também — disse Ford.

Zaphod olhou para os outros, atônito.

— Que barato! Tem alguém lá embaixo que quer matar a gente!

— Maior barato! — disse Arthur.

— Mas você não entende o que isso representa?

— Claro. Vamos morrer.

— Sim, mas fora isso.

— *Fora* isso?

— Quer dizer que lá deve ter alguma coisa!

— Como é que a gente sai dessa?

A cada segundo, a imagem dos mísseis na tela aumentava. Agora eles já estavam apontando diretamente para o alvo, de modo que tudo que se via deles eram as ogivas, de frente.

— Só por curiosidade — disse Trillian —, o que vamos fazer?

— Não perder a calma — disse Zaphod.

— Só isso? — gritou Arthur.

O GUIA DO MOCHILEIRO DAS GALÁXIAS

— Não, vamos também... ah... adotar táticas de evasão! — disse Zaphod, subitamente em pânico. — Computador, que espécie de tática de evasão podemos adotar?

— Bem... infelizmente nenhuma, pessoal — disse o computador.

— ... ou então outra coisa qualquer — disse Zaphod.

— Hããã...

— Alguma coisa parece estar interferindo com meus sistemas de controle — explicou o computador, com uma voz alegre. — Impacto em 45 segundos. Podem me chamar de Eddie, se isso os ajudar a manter a calma.

Zaphod tentou correr em várias direções ao mesmo tempo.

— Certo! — exclamou. — Bem... vamos ter que assumir o controle manual da nave.

— Você sabe pilotá-la? — perguntou Ford, com um tom de voz simpático.

— Não. E você?

— Também não.

— Trillian, e você?

— Também não.

— Tudo bem — disse Zaphod, relaxando. — Vamos trabalhar todos juntos.

— Eu também não sei — disse Arthur, achando que já era hora de começar a se afirmar.

191

DOUGLAS ADAMS

– Era o que eu imaginava – disse Zaphod. – Está bem. Computador, quero controle manual imediatamente.

– É todo seu – disse o computador.

Diversos painéis grandes se abriram, contendo diversos pacotes de plásticos e rolos de celofane: os controles nunca tinham sido usados antes.

Zaphod os contemplou, assustado.

– Vamos lá, Ford. Retroceder a toda velocidade, 10 graus para estibordo. Ou coisa parecida...

– Boa sorte, gente – disse o computador. – Impacto dentro de trinta segundos...

Ford saltou para cima dos controles; só conseguiu reconhecer alguns deles e os acionou. A nave estremeceu e guinchou, pois todos os seus foguetes direcionadores tentaram empurrá-la em todas as direções simultaneamente. Ford soltou metade dos controles, e a nave começou a rodar num arco fechado, até completar meia-volta, seguindo diretamente rumo aos mísseis.

Colchões de ar amortecedores de impacto saíram das paredes de repente e todos foram atirados de encontro a eles. Por alguns segundos, as forças de inércia os mantiveram achatados contra os colchões, ofegantes, incapazes de se mexer. Em desespero, Zaphod conseguiu se safar e dar um pontapé numa pequena chave que fazia parte do sistema de direcionamento.

192

A chave caiu da parede. A nave fez uma curva abrupta e virou para cima. A tripulação foi toda jogada contra a parede oposta. O exemplar de Ford do *Guia do Mochileiro* foi cair em cima do painel de controle, o que teve dois efeitos simultâneos: o livro começou a dizer a quem estivesse prestando atenção quais eram as melhores maneiras de partir de Antares levando clandestinamente glândulas de periquitos antareanos (espetadas em palitos, são salgadinhos asquerosos, porém estão na moda, e verdadeiras fortunas são gastas na aquisição dessas glândulas, por idiotas muito ricos que querem esnobar outros idiotas muito ricos); e a nave de repente começou a cair como uma pedra.

O PERIQUITO ANTAREANO

DOUGLAS ADAMS

NATURALMENTE, FOI MAIS OU MENOS nesse momento que um membro da tripulação machucou bastante o braço. É necessário enfatizar esse fato porque, como já afirmamos, fora isso a tripulação escapou absolutamente incólume, e os letais mísseis nucleares não atingiram a nave. A segurança dos tripulantes estava inteiramente garantida.

— IMPACTO EM VINTE segundos, pessoal — disse o computador.

— Então liga a porcaria dos motores! — gritou Zaphod.

— Claro, tudo bem — disse o computador. Com um zumbido sutil, os motores voltaram a funcionar, a nave retomou seu curso e seguiu em direção aos mísseis.

O computador começou a cantar.

— Ao caminhar na tempestade... — começou ele, com uma voz anasalada — mantenha a cabeça erguida...

Zaphod gritou para que ele se calasse, porém não foi possível ouvi-lo no meio daquele ruído, que todos, naturalmente, acharam que fosse o ruído de sua própria destruição.

— E não tenha medo do escuro! — cantava Eddie.

Ao reassumir sua trajetória, a nave ficara de cabeça para baixo; assim, os tripulantes estavam no teto, e portanto não tinham acesso aos comandos.

— No final da tempestade... — cantarolava Eddie.

Os dois mísseis cresciam cada vez mais nas telas e seus rugidos eram cada vez mais próximos.

194

O GUIA DO MOCHILEIRO DAS GALÁXIAS

— ... há um céu dourado...

Porém, por um acaso extraordinariamente feliz, eles não haviam corrigido sua trajetória com precisão em relação à trajetória aleatória da nave e passaram logo abaixo dela.

— E o doce canto da cotovia... Correção: impacto dentro de quinze segundos, pessoal... Caminhe contra o vento...

Os mísseis descreveram um arco e voltaram.

— É agora — disse Arthur, olhando para a tela. — Agora vamos morrer mesmo, não é?

— Preferia que você parasse de dizer isso — gritou Ford.

— Mas é verdade, não é?

— É.

— Caminhe pela chuva... — cantava Eddie.

Arthur teve uma ideia. Pôs-se de pé com dificuldade.

— Por que a gente não liga o tal gerador de improbabilidade? — perguntou ele. — Talvez a gente o alcance.

— Você está maluco? — exclamou Zaphod. — Sem antes fazer a programação, pode acontecer qualquer coisa.

— Qual o problema, a esta altura? — gritou Arthur.

— Ainda que seus sonhos se esfumem... — cantava Eddie.

Arthur se agarrou a uma protuberância decorativa localizada no trecho em que a curva da parede encontrava o teto.

— Siga em frente, cheio de esperança...

— Alguém podia me dizer por que Arthur não deve ligar o gerador de improbabilidade? — gritou Trillian.

195

DOUGLAS ADAMS

— E você não há de estar sozinho... Impacto dentro de cinco segundos, pessoal; foi um prazer conhecê-los. Deus os abençoe... Sozinho jamais!

— Eu perguntei — berrou Trillian — por que...

Houve então uma explosão estonteante de ruídos e luzes.

18

E logo em seguida a *Coração de Ouro* seguia em frente
na mais perfeita normalidade, com seu interior inteiramente redecorado. Agora era um pouco maior, pintado
com delicados tons pastel de verde e azul. No centro havia
uma escada em espiral, que não levava a nenhum lugar em
especial, cercada de samambaias e flores amarelas; a seu
lado, um pedestal de relógio de sol, de pedra, em cima do
qual se encontrava o terminal central do computador. Uma
série de luzes e espelhos engenhosamente dispostos criava
a ilusão de que o observador estava dentro de uma estufa, com vista para um amplo jardim muito bem cuidado.
Ao redor da estufa havia mesas com tampos de mármore
e pernas de ferro batido lindamente trabalhadas. Quando
se olhava para a superfície polida do mármore, as formas
vagas dos controles se tornavam visíveis, e, ao estender a
mão para tocá-los, os controles se materializavam imediatamente. Olhando-se os espelhos no ângulo correto, eles
pareciam refletir todos os dados relevantes, embora fosse

impossível dizer qual a origem dessas imagens refletidas. Em suma: uma beleza extraordinária.

Refestelado numa espreguiçadeira de palhinha, Zaphod Beeblebrox perguntou:

— O que aconteceu?

— Bem, o que eu estava dizendo — disse Arthur, ao lado de um pequeno laguinho com peixes ornamentais — era que a tal chave do gerador de improbabilidade ficava aqui.

— E, ao falar, indicava o lugar onde antes ficava a chave e agora havia um vaso com uma planta.

— Mas onde estamos? — perguntou Ford, sentado na escada em espiral, com uma Dinamite Pangaláctica geladinha na mão.

— Exatamente no mesmo lugar, pelo visto — disse Trillian, pois nos espelhos a seu redor de repente apareceu a mesma paisagem árida de Magrathea.

Zaphod se levantou de um salto.

— Então o que aconteceu com os mísseis?

Uma nova e surpreendente imagem apareceu nos espelhos.

— Parece — disse Ford, hesitante — que se transformaram num vaso de petúnias e numa baleia muito espantada...

— O fator de improbabilidade — interrompeu Eddie, que não havia mudado nem um pouco — é de oito milhões, setecentos e sessenta e sete mil, cento e vinte e oito contra um.

O GUIA DO MOCHILEIRO DAS GALÁXIAS

Zaphod olhou para Arthur.

— A ideia foi sua, terráqueo?

— Bem — disse Arthur —, eu só fiz...

— Você usou a cabeça, sabe? Grande ideia, ligar o gerador de improbabilidade por um segundo sem ativar as telas de proteção. Olhe, rapaz, você salvou as nossas vidas, sabe?

— Ah — disse Arthur —, não foi nada...

— Nada? — disse Zaphod. — Bem, então não se fala mais nisso. Computador, vamos pousar.

— Mas...

— Eu disse que não se fala mais nisso.

TAMBÉM NÃO SE FALOU mais no fato de que, contra todas as probabilidades, um cachalote havia de repente se materializado muitos quilômetros acima da superfície de um planeta estranho.

E como não é esse o meio ambiente natural das baleias em geral, a pobre e inocente criatura teve pouco tempo para se dar conta de sua identidade "enquanto" cachalote, pois logo em seguida teve que se dar conta de sua identidade "enquanto" cachalote morto.

Segue-se um registro completo de toda a vida mental dessa criatura, do momento em que ela passou a existir até o momento em que ela deixou de existir.

Ah...! O que está acontecendo?, pensou o cachalote.

199

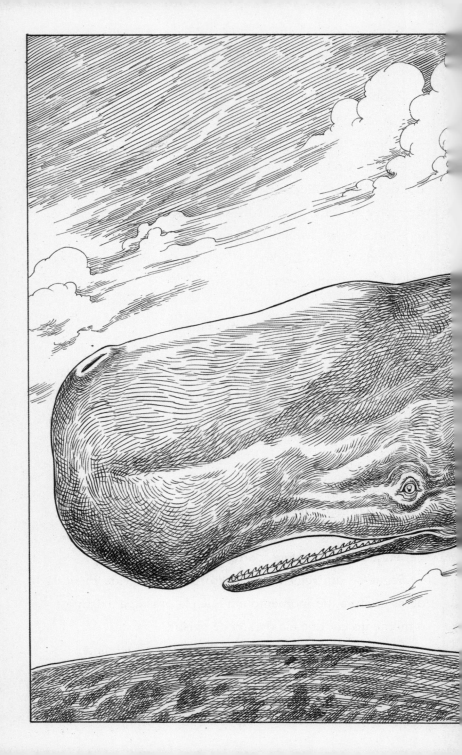

Ah, desculpe, mas quem sou eu?

Ei!

Por que estou aqui? Qual a minha razão de ser?

O que significa perguntar quem sou eu?

Calma, calma, vamos ver... Ah! que sensação interessante, o que é? É como... bocejar, uma cócega na minha... minha... bem, é melhor começar a dar nome às coisas para eu poder fazer algum progresso nisto que, para fins daquilo que vou chamar de discussão, vou chamar de mundo. Então vamos dizer que esta seja minha barriga.

Bom. Ah, está ficando muito forte. E que barulhão é esse passando por aquilo que resolvi chamar de minha cabeça? Talvez um bom nome seja... vento! Será mesmo um bom nome? Que seja... talvez eu ache um nome melhor depois, quando eu descobrir pra que ele serve. Deve ser uma coisa muito importante, porque tem muito disso no mundo. Epa! O que é isto? É... vamos chamar essa coisa de cauda. Isso, cauda. Epa! Eu posso mexê-la bastante! Oba! Oba! Que barato! Não parece servir pra muita coisa, mas um dia eu descubro pra que ela serve. Bem, será que eu já tenho uma visão coerente das coisas?

Não.

Não faz mal. Isso é tão interessante, tanta coisa pra descobrir, tanta coisa boa por vir, estou com tantas expectativas...

O GUIA DO MOCHILEIRO DAS GALÁXIAS

Ou será o vento?

Realmente tem vento demais aqui, não é?

E... puxa! O que é essa coisa se aproximando de mim tão depressa? Tão depressa. Tão grande e chata e redonda, tão... tão... Merece um nome bem forte, um nome tão... tão... chão! É isso! Eis um bom nome: chão!

Será que eu vou fazer amizade com ele?

E O RESTO – após um baque súbito e úmido – é silêncio.

CURIOSAMENTE, A ÚNICA COISA que passou pela mente do vaso de petúnias ao cair foi: "Ah, não, outra vez!" Muitas pessoas meditaram sobre esse fato e concluíram que, se soubéssemos exatamente por que o vaso de petúnias pensou isso, saberíamos muito mais a respeito da natureza do Universo do que sabemos atualmente.

19

– Esse robô vai conosco? – perguntou Ford, olhando com repulsa para Marvin, que estava em pé, os ombros caídos para a frente, desconjuntado, debaixo de uma palmeirinha.

Zaphod desviou a vista das telas-espelhos, que mostravam uma visão panorâmica da paisagem desértica na qual a nave *Coração de Ouro* acabava de pousar.

– Ah, o Androide Paranoide – disse ele. – É, vamos levá-lo.

– Mas o que a gente vai fazer com um robô maníaco-depressivo?

– Você acha que o *seu* problema é sério? – exclamou Marvin, como se estivesse se dirigindo ao novo morador de uma sepultura. – E eu? O que faço se eu *sou* um robô maníaco-depressivo? Não, nem tente responder; eu sou cinquenta mil vezes mais inteligente que você e nem eu sei a resposta. Só de tentar me colocar no seu nível intelectual, fico com dor de cabeça.

Trillian veio correndo de sua cabine.

– Meus ratinhos brancos fugiram! – exclamou ela.

Nos dois rostos de Zaphod, expressões de profunda preocupação e consternação nem sequer fingiram aparecer.

– Danem-se os seus ratinhos brancos.

Trillian o olhou com raiva e saiu de novo.

É possível que a frase de Trillian tivesse despertado mais atenção se todos soubessem que os seres humanos eram apenas a terceira forma de vida mais inteligente do planeta Terra, e não (como era geralmente considerado pela maioria dos observadores independentes) a segunda.

– BOA TARDE, meninos.

A voz era estranhamente familiar, porém curiosamente diferente. Tinha um quê de maternal. Ela se manifestou pela primeira vez quando os tripulantes se aproximaram da câmara de descompressão pela qual passariam para sair da espaçonave.

Eles se entreolharam, surpresos.

– É o computador – explicou Zaphod. – Descobri que ele tinha uma segunda personalidade, para ser usada em casos de emergência, e eu achei que talvez fosse melhor que a outra.

– Esta é a primeira vez que vocês vão sair nesse planeta desconhecido – prosseguiu a nova voz de Eddie. – Por

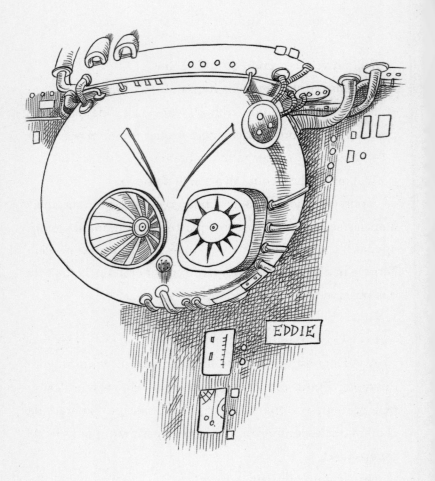

isso eu quero todos bem agasalhadinhos, e nada de botar a mãozinha em criaturinhas feias de olhos esbugalhados, ouviram?

Zaphod tamborilava na escotilha com impaciência.

— Me desculpem — disse ele. — Acho que estaríamos melhor com uma régua de cálculo.

O GUIA DO MOCHILEIRO DAS GALÁXIAS

— Muito bem! — gritou o computador. — Quem foi que disse isso?

— Quer abrir a escotilha de saída, por favor, computador? — disse Zaphod, tentando não perder a calma.

— Só quando a pessoa que disse aquilo se identificar — falou o computador, fechando algumas sinapses.

— Ah, meu Deus — murmurou Ford, encostando-se num anteparo e começando a contar até dez. Preocupava-o muito a possibilidade de que um dia as formas de vida inteligentes não soubessem mais fazer isso. Contar era a única maneira que restava aos seres humanos para provar sua independência em relação aos computadores.

— Vamos — disse Eddie, sério.

— Computador... — foi dizendo Zaphod.

— Estou esperando — interrompeu Eddie. — Se precisar, espero o dia inteiro...

— Computador — disse Zaphod, que havia tentado pensar num raciocínio sutil que convencesse o computador, mas resolveu desistir de continuar lutando com as mesmas armas que ele —, se não abrir essa escotilha agora, vou agora mesmo até o seu banco de dados pra reprogramar você com um porrete deste tamanho, ouviu?

Eddie, chocado, parou para pensar.

Ford continuava contando discretamente. Isso é a coisa mais agressiva que se pode fazer com um computador.

207

É como se aproximar de um ser humano e dizer: *Sangue...* *sangue... sangue.*

Por fim, Eddie disse, em voz baixa:

— Pelo visto, todos nós vamos ter que nos esforçar para desenvolver um bom relacionamento.

E a escotilha se abriu.

Um vento gélido os surpreendeu; encolheram-se de frio e desceram a rampa até a poeira morta de Magrathea.

— Aposto que tudo isso vai acabar em lágrimas — gritou Eddie quando eles já se afastavam, e fechou a escotilha.

Alguns minutos depois, ele abriu e fechou a escotilha obedecendo a uma ordem que o pegou completamente de surpresa.

20

Cinco figuras caminhavam lentamente pela terra desértica. O solo era às vezes de um cinza chato, às vezes de um marrom chato, e o resto era menos interessante ainda. Era como um pântano seco, sem qualquer vegetação, coberto com uma camada de 2 centímetros de poeira. Fazia muito frio.

Zaphod estava evidentemente muito deprimido com aquela paisagem. Foi se destacando dos outros e logo se perdeu de vista atrás de uma pequena elevação.

O vento fazia arder os olhos e ouvidos de Arthur, e o ar viciado e rarefeito lhe ressecava a garganta. Porém o que estava mais impactado era sua mente.

— É fantástico... — exclamou ele, e se surpreendeu com o som da própria voz. Naquela atmosfera rarefeita, o som se propagava com dificuldade.

— Quer saber o que eu acho? O fim do mundo é isto aqui — disse Ford. — Um mictório pra gatos é mais divertido. — Sua irritação crescia. Com tantos planetas em todos os sistemas estelares da Galáxia, muitos deles selvagens e exóticos, cheios de vida, depois de quinze anos de exílio, ele tinha que ir parar numa droga daquelas! Nem mesmo uma barraquinha de cachorro-quente por perto. Abaixou-se e pegou um torrão de terra fria, mas embaixo dele não havia nada pelo qual valesse a pena viajar milhares de anos-luz para ver.

– Não – insistiu Arthur –, será que você não entende? É a primeira vez que ponho os pés em outro planeta... todo um mundo diferente... É mesmo uma pena que não tenha nada pra se ver.

Trillian, toda encolhida de frio, tremia. Havia uma expressão de dúvida em seu rosto. Ela seria capaz de jurar que tinha visto um leve movimento inesperado com sua visão periférica, mas quando olhou naquela direção só viu a nave, imóvel e silenciosa, uns 100 metros atrás.

Sentiu-se aliviada quando, segundos depois, viu Zaphod no alto da elevação, fazendo sinal para que os outros se aproximassem.

Ele parecia excitado, mas não dava para ouvir o que dizia, por causa do vento e da atmosfera rarefeita.

Ao se aproximarem da elevação, perceberam que ela parecia ser circular – uma cratera de uns 150 metros de diâmetro. Ao redor da cratera havia umas coisas pretas e vermelhas. Pararam e olharam para um dos pedaços. Era úmido. Tinha a consistência de borracha.

O GUIA DO MOCHILEIRO DAS GALÁXIAS

Horrorizados, descobriram que era carne de baleia fresca.

Na beira da cratera, encontraram Zaphod.

— Vejam — disse ele, apontando para dentro da cratera.

No centro era possível ver a carcaça arrebentada de um cachalote que não vivera o suficiente para se decepcionar com a sua condição. O silêncio foi perturbado apenas pelos leves espasmos involuntários da garganta de Trillian.

— Acho que é bobagem enterrá-lo, não é? — murmurou Arthur, e logo se arrependeu de ter falado.

— Venha — disse Zaphod, e foi descendo rumo ao centro da cratera.

— O quê? Ir aí? — disse Trillian, com extrema repulsa.

— É — disse Zaphod. — Venham. Quero mostrar uma coisa.

— Dá pra ver daqui — disse Trillian.

— Não, é outra coisa — disse Zaphod. — Venham.

Todos hesitaram.

— Vamos! — insistiu Zaphod — Eu achei a entrada.

— *Entrada?* — exclamou Arthur, horrorizado.

— A entrada do interior do planeta! Uma passagem sub-terrânea. O impacto da baleia rachou o chão, e é por aí que a gente pode passar. Vamos aonde homem algum pisou desde cinco milhões de anos atrás, explorar as profundezas do tempo...

211

Marvin mais uma vez começou a cantarolar, irônico. Zaphod lhe deu um tabefe e ele parou.

Com arrepios de asco, todos seguiram Zaphod, descendo a encosta da cratera, esforçando-se ao máximo para não olhar o ser que a criara.

— Ah, a vida — disse Marvin, lúgubre. — Pode-se odiá-la ou ignorá-la, mas é impossível gostar dela.

No ponto em que caíra a baleia, o chão havia cedido, revelando uma rede de galerias e passagens, muitas delas obstruídas por terra e entranhas de baleia. Zaphod havia começado a desobstruir uma delas, mas Marvin era bem mais rápido nessa tarefa. Um ar úmido saía das cavernas escuras, e, quando Zaphod iluminou a passagem com uma lanterna, não se viu quase nada.

— Reza a lenda — disse ele — que os magratheanos passavam a maior parte do tempo debaixo da terra.

— Por quê? — perguntou Arthur. — Porque a superfície se tornou muito poluída ou superpovoada?

— Não, acho que não — disse Zaphod. — Creio que eles simplesmente não gostavam muito dela.

— Você sabe mesmo o que está fazendo? — perguntou Trillian, olhando nervosa para as trevas. — Nós já sofremos um ataque, não é?

— Escute, menina, eu garanto que a população deste planeta é de zero mais nós quatro. Vamos entrar. Ô terráqueo...

O GUIA DO MOCHILEIRO DAS GALÁXIAS

— Arthur — disse Arthur.

— Pois é, será que dava pra você ficar com esse robô e tomar conta dessa entrada?

— Tomar conta? — perguntou Arthur. — Pra quê? Você não acabou de dizer que não tem ninguém neste planeta?

— É, pois é, mas, você sabe, só por segurança, está bem? — insistiu Zaphod.

— A sua segurança ou a minha?

— Então estamos combinados. Vamos lá.

Zaphod se enfiou na passagem, seguido de Trillian e Ford.

— Tomara que vocês não se divirtam nem um pouco — disse Arthur.

— Não se preocupe — disse Marvin. — Não há perigo de eles se divertirem.

Segundos depois, eles já haviam desaparecido.

Arthur ficou andando de um lado para outro, batendo com os pés no chão, e depois concluiu que túmulo de baleia não é um bom lugar para ficar andando e batendo com os pés no chão.

Marvin lhe dirigiu um olhar assassino e, em seguida, desligou-se.

ZAPHOD DESCIA RAPIDAMENTE a passagem, nervosíssimo, mas tentava disfarçar o nervosismo andando depressa.

213

DOUGLAS ADAMS

Apontou a lanterna para todas as direções. As paredes eram recobertas de ladrilhos escuros e frios; no ar havia um cheiro pesado de podridão.

– Está vendo, eu não disse? – exclamou ele. – Um planeta habitado, Magrathea. – E seguiu em frente, caminhando por entre os montes de terra e detritos que enchiam o chão de ladrilhos.

Trillian, naturalmente, lembrou-se do metrô de Londres, só que ali era bem mais limpo.

De vez em quando, os ladrilhos das paredes eram interrompidos por grandes mosaicos, formando desenhos simples e angulosos, em cores vivas. Trillian parou e examinou um deles, mas não conseguiu interpretar seu significado. Dirigiu-se a Zaphod:

– Você faz alguma ideia do que representam esses símbolos estranhos?

– Acho que são símbolos estranhos de alguma espécie – disse Zaphod, sem sequer olhar para trás.

Trillian deu de ombros e o seguiu.

De vez em quando havia uma porta à esquerda ou à direita. Essas portas davam para pequenos recintos que, conforme constatou Ford, continham equipamentos de computador abandonados. Ford arrastou Zaphod para dentro de um desses cubículos para lhe mostrar o que havia lá. Trillian entrou também.

214

O GUIA DO MOCHILEIRO DAS GALÁXIAS

– Escute – disse Ford –, você acha que estamos em
Magrathea...

– Acho – disse Zaphod –, e a voz confirmou, não é?

– Está bem. Então aceito que estamos mesmo em Magrathea, para fins de discussão. Só que até agora você não
explicou como foi que descobriu este planeta. Garanto que
não foi consultando um atlas de astronomia.

– Pesquisas. Arquivos do governo. Trabalho de detetive.
Algumas intuições felizes. Fácil.

– E aí você roubou a nave *Coração de Ouro* pra vir até
aqui?

– Roubei a nave pra procurar um monte de coisas.

– Um monte de coisas? – exclamou Ford, surpreso. – Por
exemplo?

– Sei lá.

– O quê?

– Sei lá o que eu estou procurando.

– Como assim?

– Porque... porque... acho que porque... se soubessem o
que eu procurava, eu não poderia procurar.

– Você está maluco?

– É uma possibilidade que ainda não excluí – disse Zaphod em voz baixa. – De mim mesmo só sei o que meu
cérebro consegue entender nas atuais circunstâncias. Que
não são nada boas.

215

DOUGLAS ADAMS

Durante um bom tempo ninguém disse nada. Ford ficou olhando para Zaphod, bastante preocupado.

— Escute, meu amigo, se você quer... — começou Ford.

— Não, espere... vou explicar — disse Zaphod. — Eu vivo rodando por aí. Eu tenho uma ideia, penso em fazer uma coisa, eu vou e faço. Resolvo virar presidente da Galáxia, e pronto, é fácil. Resolvo roubar essa nave. Resolvo procurar Magrathea, e pronto, tudo acontece. É, eu vejo qual é a melhor maneira de agir e sempre acerto. É como se eu tivesse um cartão Galaxicred que é sempre aceito, embora eu nem precise mandar o cheque. E aí, quando eu paro e penso: "Por que eu quis fazer isso? Como foi que eu consegui?", eu sinto uma tremenda vontade de parar de pensar nisso. Como agora, por exemplo. Tenho que fazer o maior esforço só pra conseguir falar sobre esse assunto.

Zaphod fez uma pausa. Fez-se silêncio por algum tempo. Depois Zaphod franziu o cenho e disse:

— Ontem à noite eu estava pensando nisso outra vez. Esse problema de uma parte do meu cérebro não funcionar direito. Depois me ocorreu que o que parecia era que alguém estava usando minha mente para ter boas ideias, sem me dizer nada. Juntei as duas ideias e concluí que talvez alguém tenha reservado uma parte do meu cérebro para isso, portanto eu não tenho acesso a ela. Aí resolvi encontrar um jeito de verificar se era isso mesmo.

216

O GUIA DO MOCHILEIRO DAS GALÁXIAS

Zaphod olhou para Ford e continuou:

— Fui ao compartimento médico da nave e me liguei ao encefalógrafo. Fiz todos os testes mais importantes com minhas duas cabeças, todos os testes que eu tive que fazer com os médicos do governo para poder ratificar minha nomeação para a presidência. Não deu nada. Quero dizer, nada de inesperado. Deu que era inteligente, irresponsável, nada confiável, extrovertido, tudo o que vocês já sabem. Nenhuma outra anomalia. Então comecei a inventar outros testes, completamente aleatórios. Nada. Aí tentei fazer uma superposição dos resultados referentes a uma das cabeças com os da outra. Nada. Aí resolvi que era só paranoia. Antes de guardar os equipamentos, peguei a foto da superposição e olhei pra ela através de um filtro verde. Você se lembra da minha superstição em relação à cor verde quando eu era garoto? Eu sempre quis ser astronauta mercante.

Ford concordou com a cabeça.

— E não deu outra — disse Zaphod. — No meio dos cérebros havia em cada um deles uma seção, e elas só estavam relacionadas uma com a outra, mas sem relação com o que estava em volta delas. Algum sacana cauterizou todas as sinapses e traumatizou eletronicamente aqueles dois pedaços do cérebro.

Ford arregalou os olhos. Trillian estava branca.

— Alguém *fez* isso com você? — sussurrou Ford.

— É.

— Mas você faz alguma ideia de quem foi? E por quê?

— Por quê? Tenho uns palpites, só isso. Mas sei quem foi o sacana.

— Sabe? Como?

— Porque deixaram as iniciais marcadas nas sinapses cauterizadas. De propósito, pra eu saber.

Ford olhou para ele horrorizado; estava todo arrepiado.

— Iniciais? Marcadas no seu cérebro?

— É.

— Mas quais eram as iniciais, afinal?

Zaphod olhou para ele em silêncio por um momento. Então desviou a vista.

— Z. B. — disse, em voz baixa.

Nesse momento, uma porta de aço se fechou atrás dele e o recinto começou a se encher de gás.

— Depois eu explico — disse Zaphod, tossindo, e os três desmaiaram.

21

Na superfície de Magrathea, Arthur andava de um lado para outro, emburrado.

Para distraí-lo, Ford tivera a ideia de lhe emprestar *O Guia do Mochileiro das Galáxias*. Arthur apertou alguns botões aleatoriamente.

O Guia do Mochileiro das Galáxias é uma obra organizada de modo um tanto caótico e contém diversos trechos que foram incluídos simplesmente porque na hora os organizadores acharam que era uma boa ideia.

Um desses trechos (foi o que Arthur leu nesse momento) supostamente é o relato das experiências de um certo Veet Voojagig, jovem e tímido estudante da Universidade de Maximegalon, que seguiu uma carreira brilhante estudando filologia arcaica, ética transformacional e a teoria ondulatória-harmônica da percepção histórica, e que, após uma noite bebendo Dinamite Pangaláctica com Zaphod Beeblebrox, começou a ficar obcecado com o que teria acontecido com todas as esferográficas que ele havia comprado nos últimos anos.

DOUGLAS ADAMS

Seguiu-se um longo período de pesquisas meticulosas, durante o qual Voojagig visitou todos os principais centros de perdas de esferográficas da Galáxia, e terminou formulando uma curiosa teoria que se popularizou muito na época. Em algum lugar no cosmos — afirmou ele —, além de todos os planetas habitados por humanoides, reptiloides, peixoides, arvoroides ambulantes e tons de azul superinteligentes, haveria também um planeta habitado exclusivamente por seres vivos esferografoides. E era para esse planeta que iam todas as esferográficas perdidas e abandonadas, escapulindo por buraquinhos no espaço para um mundo onde elas podiam viver uma vida esferografoide, reagir a estímulos de caráter eminentemente esferográfico — em suma, levar a vida com que sonha toda esferográfica.

Como teoria, isso era bastante interessante. Mas, um dia, Veet Voojagig resol-

O GUIA DO MOCHILEIRO DAS GALÁXIAS

*veu afirmar que havia descoberto esse planeta, onde teria trabalhado
por algum tempo como chofer de uma família de canetas verdes bara-
tas de ponta retrátil. Então Voojagig foi internado, escreveu um livro
e terminou como exilado tributário, que é o que costuma acontecer
com aqueles que fazem papel de bobo publicamente.*

*Quando, um dia, foi enviada uma expedição para as coordena-
das espaciais onde, segundo Voojagig, se encontraria o tal planeta,
acharam apenas um pequeno asteroide cujo único habitante era um
velhinho, o qual vivia afirmando que nada era verdade, se bem que
mais tarde constatou-se que ele estava mentindo.*

*Porém permaneceram sem resposta duas questões: a misteriosa
quantia anual de 60 mil dólares altairenses depositada na sua conta,
em Brantisvogan; e, naturalmente, a lucrativa empresa de comércio de
esferográficas de segunda mão de propriedade de Zaphod Beeblebrox.*

DEPOIS DE LER ESSA PASSAGEM, Arthur largou o livro. O robô
continuava sentado, completamente inerte.

Arthur se levantou e caminhou até o alto da borda da
cratera. Ficou andando em torno da depressão, vendo os
dois sóis de Magrathea se pondo, uma cena magnífica.

Desceu para o centro da cratera outra vez. Acordou o
robô, porque até mesmo falar com um robô maníaco-depressivo é melhor do que falar sozinho.

— Está anoitecendo — disse Arthur. — Veja, robô, as estrelas estão aparecendo.

DOUGLAS ADAMS

Do interior de uma nebulosa escura só se pode ver um pequeno número de estrelas, e assim mesmo muito fracas; mas era melhor que nada.

Obediente, o robô olhou para o céu e depois baixou a vista.

— É — disse ele. — Que droga, não é?

— Mas aquele pôr do sol! Nunca vi nada igual, nem nos meus sonhos mais alucinantes... dois sóis! Era como montanhas de fogo ardendo contra o céu.

— Já vi esse tipo de coisa — disse Marvin. — Um saco.

— Lá na Terra a gente só tinha um sol — insistiu Arthur. — Sou de um planeta que se chamava Terra, você sabe.

— Sei, sim — disse Marvin. — Você não fala noutra coisa. Pelo que você diz, devia ser horrível.

— Ah, não, era um lugar belíssimo...

— Tinha oceanos?

— Se tinha! — disse Arthur, suspirando. — Oceanos enormes, com ondas, bem azuis...

— Não tolero oceanos — disse Marvin.

— Me diga uma coisa... — disse Arthur. — Você se dá bem com os outros robôs?

— Detesto todos — disse Marvin. — Aonde você vai?

Arthur não aguentava mais. Levantou-se.

— Acho que vou dar mais uma volta.

— É, eu entendo — disse Marvin, e contou 597 bilhões de carneiros até conseguir adormecer de novo.

222

O GUIA DO MOCHILEIRO DAS GALÁXIAS

Arthur ficou dando tapinhas nos próprios braços para estimular a circulação. Recomeçou a subir a borda da cratera.

Como a atmosfera era muito rarefeita e não havia lua, a noite caía muito depressa, e já estava muito escuro. Por isso, Arthur só viu o velho quando já estava quase esbarrando nele.

22

O velho estava de costas para Arthur, contemplando os últimos vestígios de luz que desapareciam no horizonte. Era um velho alto, que trajava uma longa túnica cinzenta. Quando se virou, revelou um rosto fino e nobre, envelhecido porém bondoso, o tipo de rosto que você gosta de ver no gerente do seu banco. Mas ele não se virou nem mesmo quando Arthur soltou uma interjeição de espanto.

Por fim, os últimos raios de luz morreram completamente, e só então ele se virou. Seu rosto ainda estava iluminado por alguma luz, e, quando Arthur procurou a fonte de onde ela vinha, viu que a alguns metros dali havia uma pequena nave, uma espécie de pequeno hovercraft. A seu redor havia um pálido círculo de luz.

O homem olhou para Arthur com um olhar aparentemente triste.

— Você escolheu uma noite fria para visitar nosso planeta morto — disse ele.

O GUIA DO MOCHILEIRO DAS GALÁXIAS

— Quem... quem é você? — gaguejou Arthur.

O homem virou o rosto. Novamente surgiu uma expressão de tristeza em sua fisionomia.

— Meu nome não é importante — disse.

Parecia estar pensando em alguma coisa. Pelo visto, não estava com pressa de começar a conversa.

Arthur se sentiu pouco à vontade.

— Eu... aaah... o senhor me deu um susto — disse, por falta do que dizer.

O homem se virou e olhou para ele de novo, arqueando de leve as sobrancelhas.

— Hum?

— Eu disse que o senhor me assustou.

— Não tenha medo, não vou lhe fazer mal.

Arthur franziu a testa.

— Mas o senhor nos atacou! Os mísseis...

O homem olhou para o centro da cratera. A luzinha fraca que saía dos olhos de Marvin projetava débeis sombras vermelhas sobre a enorme carcaça da baleia.

O homem deu uma risadinha.

— É um sistema automático — disse, e suspirou. — Há milênios que esses computadores funcionam no interior do planeta, e seus empoeirados bancos de dados aguardam há muitas eras algum acontecimento. Acho que de vez em quando eles soltam um míssil só pra quebrar a monotonia.

225

DOUGLAS ADAMS

— Dirigiu um olhar sério a Arthur e acrescentou: — Eu gosto muito de ciência, sabe?

— Ah... é mesmo? — perguntou Arthur, que estava começando a ficar desconcertado com o jeito cortês e curioso do velho.

— Gosto, sim — respondeu o velho, e calou-se de novo.

— Ah... — disse Arthur. — É... — Sentia-se como um homem que, apanhado em flagrante de adultério quando o marido da amante entra no quarto, vê o marido mudar as calças, comentar o tempo que está fazendo e ir embora.

— Você parece desconcertado — disse o homem, atencioso.

— Não, quero dizer... é, estou, sim. O senhor sabe, é que a gente não esperava encontrar ninguém aqui. Eu pensava que todos vocês já tinham morrido, sei lá...

— Morrido? — disse o velho. — Não, que ideia! Estávamos apenas dormindo.

— Dormindo? — exclamou Arthur, surpreso.

— É, por causa da recessão econômica, sabe? — disse o velho, aparentemente pouco ligando se Arthur entendia o que ele estava dizendo ou não.

Arthur foi obrigado a perguntar:

— Ah... recessão econômica?

— Bem, há uns cinco milhões de anos a economia galáctica entrou em crise, e como os planetas sob medida são um luxo supérfluo, você entende...

226

Fez uma pausa e olhou para Arthur.

— Você sabe que a gente construía planetas, não sabe?

— Ah, claro — disse Arthur. — Era o que eu imaginava...

— Uma atividade fascinante — disse o velho, com um olhar nostálgico. — O que eu preferia era fazer os litorais. Como eu me divertia, caprichando nos fiordes... Mas, como eu ia dizendo — disse ele, tentando retomar o fio da meada —, veio a recessão e resolvemos que o melhor a fazer seria dormir por uns tempos. Assim, programamos os computadores para nos acordarem quando tudo tivesse voltado ao normal. — O velho sufocou um leve bocejo e prosseguiu: — Os computadores estavam ligados à bolsa de valores da Galáxia, de modo que seríamos acordados quando a economia já tivesse se recuperado o bastante para as pessoas voltarem a se interessar por nossos produtos, que são um tanto caros.

Arthur, que lia *The Guardian* regularmente, ficou muito chocado.

— Mas isso é um comportamento imperdoável, não acha?

— Você acha? — perguntou o velho, cortês. — Desculpe, ando meio desatualizado. — Apontou para o fundo da cratera. — Aquele robô é seu?

— Não — respondeu uma vozinha metálica vinda do fundo da cratera. — Sou meu mesmo.

— Se é que isso é um robô — murmurou Arthur. — É mais uma espécie de gerador eletrônico de mau humor.

— Traga-o aqui — disse o homem, surpreendendo Arthur com o tom de voz autoritário que de repente surgiu em sua voz. Arthur chamou Marvin, que subiu à borda da cratera mancando ostensivamente, embora não fosse manco.

— Pensando bem — disse o velho —, é melhor deixá-lo aí. Venha comigo. Coisas importantes estão acontecendo.

Virou-se para seu veículo, o qual, embora aparentemente o velho não tivesse feito nenhum sinal para ele, vinha deslizando silenciosamente na direção deles, na escuridão.

Arthur olhou para Marvin, que agora ostensivamente se virou com dificuldade e começou a descer de volta para o centro da cratera, resmungando.

— Venha — disse o velho. — Venha logo, senão você chegará tarde.

— Tarde? — exclamou Arthur. — Tarde pra quê?

— Como você se chama, humano?

— Dent. Arthur Dent.

— Tarde, como em "tarde demais", Dentarthurdent — disse o velho friamente. Foi uma espécie de ameaça. Novamente seus olhos cansados assumiram uma expressão melancólica. — Nunca fui muito bom em matéria de ameaças, mas dizem que às vezes ameaçar funciona mesmo.

Arthur arregalou os olhos.

— Que criatura extraordinária — murmurou.

— Como? — perguntou o velho.

228

— Ah, nada, desculpe — disse Arthur, sem jeito. — Bem, para onde vamos?

— Vamos pegar meu aeromóvel — disse o velho, fazendo sinal para que Arthur entrasse no veículo, que já estava parado a seu lado. — Vamos nos aprofundar no interior deste planeta, onde neste exato momento nossa espécie está despertando após um sono de cinco milhões de anos. Magrathea está acordando.

Arthur estremeceu sem querer ao se sentar ao lado do velho. Perturbava-o a estranheza do movimento daquele veículo, que balançava de leve ao se elevar no ar.

Arthur olhou para o velho, cujo rosto estava iluminado pelas luzinhas do painel de controle.

— Desculpe — perguntou —, mas qual é seu nome mesmo?

— Meu nome? — disse o velho, e a mesma tristeza nostálgica apareceu em seu rosto. Fez uma pausa. — Meu nome... é Slartibartfast.

Arthur quase se engasgou.

— Como?

— Slartibartfast — repetiu o velho, tranquilo.

— *Slartibartfast?*

O velho dirigiu-lhe um olhar sério.

— Eu disse que meu nome não era importante.

O aeromóvel singrou o céu escuro.

23

É um fato importante, e conhecido por todos, que as coisas nem sempre são o que parecem ser. Por exemplo, no planeta Terra os homens sempre se consideraram mais inteligentes que os golfinhos, porque haviam criado tanta coisa — a roda, Nova York, as guerras, etc. —, enquanto os golfinhos só sabiam nadar e se divertir. Porém os golfinhos, por sua vez, sempre se acharam muito mais inteligentes que os homens — exatamente pelos mesmos motivos.

Curiosamente, há muito tempo que os golfinhos sabiam da iminente destruição do planeta e faziam tudo para alertar a humanidade; porém suas tentativas de comunicação eram geralmente interpretadas como gestos lúdicos com o objetivo de rebater bolas ou pedir comida, e por isso eles acabaram desistindo e abandonaram a Terra por seus próprios meios antes que os vogons chegassem.

A derradeira mensagem dos golfinhos foi entendida como uma tentativa extraordinariamente sofisticada de dar uma cambalhota dupla para trás assobiando o hino nacional dos Estados Unidos, mas na verdade o significado da mensagem era: *Até mais, e obrigado pelos peixes.*

Na verdade havia no planeta uma única espécie mais inteligente que os golfinhos, que passava boa parte do tempo nos laboratórios de pesquisas de comportamento, correndo atrás de rodas e realizando experiências incrivelmente elegantes e sutis com seres humanos. O fato de que mais uma vez os homens interpretaram seu relacionamento com essas criaturas de modo totalmente errado era exatamente o que estava nos planos elaborados por elas.

24

Silenciosamente, o aeromóvel cruzava a fria escuridão, a única luzinha acesa nas trevas profundas da noite de Magrathea. O veículo voava depressa. O companheiro de Arthur parecia absorto em seus próprios pensamentos, e nas duas vezes que Arthur tentou puxar conversa com ele o velho se limitou a perguntar se estava tudo bem com ele e a coisa ficou por aí mesmo.

Arthur tentou calcular a velocidade a que estavam se deslocando, mas a escuridão lá fora era absoluta, não havendo, assim, qualquer ponto de referência. A sensação de estarem se movendo era tão suave que era quase possível acreditar que estavam parados.

Então apareceu ao longe um pontinho de luz, que em poucos segundos já havia crescido tanto que Arthur concluiu que o ponto estava se aproximando deles a uma velocidade colossal. Tentou discernir que espécie de nave seria. Olhava, mas não conseguia perceber nenhuma forma definida; de repente, soltou uma interjeição de pavor quando o aeromóvel perdeu altura num movimento súbito, parecendo estar prestes a se chocar de frente com o outro veículo. A velocidade relativa dos dois parecia inacreditável e, antes que Arthur tivesse tempo de respirar, tudo já havia terminado. Quando deu por si, Arthur viu que estavam cercados de uma luminosidade prateada incompreensível. Virou-se para trás e viu um pequeno ponto preto diminuindo rapidamente na distância, e levou alguns segundos para entender o que havia acontecido.

Haviam entrado num túnel subterrâneo. A velocidade relativa colossal fora simplesmente a velocidade do aeromóvel em relação a um buraco no chão, a boca do túnel. A luminosidade prateada era a parede circular do túnel que eles agora estavam percorrendo, a algumas centenas de quilômetros por hora.

Apavorado, Arthur fechou os olhos.

Depois de um intervalo de tempo que ele sequer tentou avaliar, sentiu que estavam perdendo um pouco de velocidade, e algum tempo depois percebeu que estavam gradualmente parando.

Reabriu os olhos. Ainda estavam dentro do túnel prateado, atravessando um verdadeiro labirinto de túneis convergentes. Quando por fim estacionaram, estavam numa pequena câmara de paredes curvas de aço. Diversos outros túneis também terminavam ali, e na extremidade oposta Arthur viu um círculo grande de luz fraca e irritante. Era

O GUIA DO MOCHILEIRO DAS GALÁXIAS

irritante porque proporcionava uma espécie de ilusão de ótica: não havia como focalizar os olhos nela, e era impossível calcular a que distância estava. Arthur imaginou (erradamente) que fosse luz ultravioleta.

Slartibartfast se virou e encarou Arthur com seus olhos velhos e solenes.

— Terráqueo — disse ele —, estamos agora no coração de Magrathea.

— Como descobriu que eu sou terráqueo?

— Essas coisas vão ficar claras para você — disse o velho, delicadamente. — Pelo menos — acrescentou, com um toque de dúvida na voz — vão ficar mais claras do que agora. — E prosseguiu: — Devo lhe avisar que a câmara pela qual vamos passar agora não existe literalmente dentro de nosso planeta. É um pouco... grande demais. Vamos entrar numa ampla extensão de hiperespaço. A experiência talvez seja perturbadora para você.

Arthur fez uns ruídos nervosos.

Slartibartfast apertou um botão e acrescentou, num tom não muito tranquilizador:

— Eu, pelo menos, fico de perna bamba. Segure-se bem firme.

O aeromóvel disparou em direção ao círculo de luz, e de repente Arthur teve uma ideia mais ou menos clara do que é o infinito.

235

DOUGLAS ADAMS

NA VERDADE, NÃO ERA O INFINITO. O infinito é uma coisa chata, nos dois sentidos da palavra. Quem olha para o céu à noite está olhando para o infinito; a distância é incompreensível, portanto sem significado. A câmara na qual o aeromóvel entrou estava longe de ser infinita; era apenas muito, muito, mas muito grande, tão grande que dava a impressão de ser o infinito melhor do que o próprio infinito.

Os sentidos de Arthur se balançavam e rodavam enquanto o aeromóvel, naquela velocidade imensa que ele já pudera estimar, subia lentamente no espaço aberto, e a passagem por onde eles haviam entrado se transformava num pontinho invisível na parede reluzente da qual eles se afastavam.

A parede.

A parede desafiava a imaginação – ela a seduzia e derrotava. Era tão assustadoramente imensa e lisa que seus limites, no alto, embaixo e nos lados, estavam além do alcance da vista. Ela proporcionava uma vertigem capaz de matar uma pessoa de choque.

A parede parecia perfeitamente plana. Seria necessário o mais delicado medidor para constatar que, à medida que ela subia, aparentemente rumo ao infinito, e descia, e se espalhava para os dois lados, ela também se curvava. Fechava-se sobre si própria a uma distância de 13 segundos-

236

O GUIA DO MOCHILEIRO DAS GALÁXIAS

-luz dali. Em outras palavras: a parede era o interior de uma esfera oca, com cerca de 5 milhões de quilômetros de diâmetro, inundada por uma luz inimaginável.

— Bem-vindo — disse Slartibartfast, enquanto o cisco infinitesimal que era o aeromóvel, viajando agora a uma velocidade três vezes superior à velocidade da luz, avançava imperceptivelmente naquele espaço estonteante. — Bem-vindo à nossa fábrica.

Arthur olhou ao redor com uma mistura de deslumbramento e horror. Dispostas à sua frente, a distâncias que ele não podia calcular, nem mesmo imaginar, havia curiosas suspensões, delicadas redes de metal e luz penduradas sobre sombrias formas esféricas que pairavam no espaço.

— É aqui — disse Slartibartfast — que fazemos a maioria dos nossos planetas.

— Quer dizer — disse Arthur, articulando as palavras com dificuldade — que vocês vão reabrir a fábrica agora?

— Não, não, que é isso! — exclamou o velho. — Não, a Galáxia ainda está longe de ter dinheiro suficiente para manter nosso negócio. Não, fomos despertados apenas para realizar um único serviço, para clientes muito... especiais, de outra dimensão. Talvez aquilo lhe interesse... ali, ao longe, à nossa frente.

Arthur olhou na direção em que o velho apontava, até que conseguiu distinguir a estrutura que ele indicava. Era,

237

de fato, a única delas que tinha alguns sinais de atividade, embora fosse mais uma impressão subliminar do que uma coisa concreta.

Porém nesse instante um facho de luz descreveu um arco através da estrutura, pondo em relevo as formas na superfície da esfera negra nela contida. Formas que Arthur conhecia, formas irregulares que lhe eram tão familiares como as formas das palavras, parte do mobiliário de sua mente. Por alguns segundos, Arthur ficou abestalhado, sem palavras, enquanto as imagens dançavam em sua mente, tentando encontrar um ponto em que pudessem estacionar e fazer sentido.

Uma parte de seu cérebro lhe dizia que ele sabia muito bem o que era que estava vendo, o que representavam aquelas formas, enquanto outra parte, muito sensatamente, recusava-se a admitir aquela ideia e não assumia a responsabilidade por levar adiante tal raciocínio.

O facho de luz iluminou o globo outra vez, e agora não havia mais lugar para dúvida.

— A Terra... — sussurrou Arthur.

— Bem, a Terra II, para ser exato — disse Slartibartfast, sorridente. — Estamos fazendo uma cópia, com base nos esquemas originais.

Houve uma pausa.

— O senhor quer dizer — foi dizendo Arthur lentamente,

238

O GUIA DO MOCHILEIRO DAS GALÁXIAS

controladamente — que foram vocês que *fizeram*... a Terra original?

— Isso mesmo — disse Slartibartfast. — Você já esteve num lugar chamado... acho que era Noruega?

— Não — disse Arthur. — Nunca.

— Que pena — disse Slartibartfast. — Fui eu que fiz. Ganhou um prêmio, sabe? Beleza de litoral, todo trabalhado. Fiquei muito aborrecido quando soube que tinha sido destruída.

— O *senhor* ficou aborrecido!

— Fiquei. Cinco minutos depois, eu não teria me incomodado. Um equívoco fenomenal.

— Hein? — exclamou Arthur.

— Os ratos ficaram furiosos.

— Os *ratos* ficaram furiosos?

— É, ora — disse o velho.

— Está bem, mas não só os ratos como, imagino eu, os cachorros, os gatos, ornitorrincos, mas...

— Ah, mas não foram eles que pagaram por ela, não é?

— Escute — disse Arthur —, não seria mais prático pro senhor se eu entregasse os pontos e pirasse logo de uma vez?

Durante algum tempo, o aeromóvel voou num silêncio constrangedor. Depois o velho, paciente, tentou explicar:

— Terráqueo, o planeta em que você vivia foi encomendado, pago e governado pelos ratos. Ele foi destruído cinco minutos antes de terminar de servir aos propósitos para os quais foi construído, e agora vamos ter que fazer outro.

Só uma palavra fora registrada no cérebro de Arthur.

— *Ratos?*

— É, terráqueo.

— Escute, por acaso estamos falando sobre aquelas criaturinhas peludas que se amarram em queijo e que faziam as mulheres subir nas mesas e ficar gritando naquelas comédias enlatadas dos anos 1960?

Slartibartfast tossiu um pouco, polidamente.

— Terráqueo, às vezes é difícil compreender a sua fala. Lembre-se que há cinco milhões de anos estou dormindo dentro de Magrathea, e portanto não sei muita coisa sobre essas comédias enlatadas dos anos 1960. Essas criaturas chamadas ratos não são exatamente o que parecem ser. Não passam de protusões em nossa dimensão de seres pandimensionais imensos e hiperinteligentes. Toda essa história de queijo e guinchos é só fachada. — O velho fez uma pausa, uma careta simpática e prosseguiu. — Eles estavam fazendo experiências com vocês.

Arthur pensou nisso por um segundo, e então seu rosto se desanuviou.

— Ah, não — disse ele. — Agora entendi a origem desse mal-entendido. — Não, o que acontecia é que *nós* é que fazíamos experiências com eles. Os ratos eram muito utilizados

em pesquisas de comportamento. Pavlov, essas coisas. O que acontecia era que os ratos participavam de tudo quanto era experiência, aprendiam a tocar campainhas, corriam em labirintos, de modo que toda a natureza do processo de aprendizagem pudesse ser examinada. Com base nas observações do comportamento deles, a gente aprendia um monte de coisas a respeito do nosso comportamento...

A voz de Arthur foi morrendo aos poucos.

– Que sutileza! – disse Slartibartfast. – É realmente admirável.

– Como assim?

– Para disfarçar melhor suas verdadeiras naturezas e orientar melhor o pensamento de vocês. De repente, corriam para o lado errado de um labirinto, comiam o pedaço errado de queijo, inesperadamente morriam de mixomatose... a coisa sendo bem calculada, o efeito cumulativo é imenso. – Fez uma pausa para acentuar o efeito de suas palavras. – Sabe, terráqueo, eles são mesmo seres pandimensionais particularmente hiperinteligentes. O seu planeta e a sua espécie formaram a matriz de um computador orgânico que processou um programa de pesquisa de dez milhões de anos... Eu vou contar toda a história. Vai levar algum tempo.

– Tempo – respondeu Arthur, com voz débil. – No momento não é um dos meus problemas.

25

Como é sabido, a vida apresenta uma série de problemas, dos quais os mais importantes são, entre outros: *Por que as pessoas nascem? Por que elas morrem? Por que elas passam uma parte tão grande do tempo entre o nascimento e a morte usando relógios digitais?*

Há muitos e muitos milhões de anos, uma espécie de seres pandimensionais hiperinteligentes (cuja manifestação física no universo pandimensional deles não é muito diferente da nossa) ficaram tão de saco cheio dessas discussões incessantes a respeito do significado da vida, as quais costumavam interromper seu passatempo favorito, o ultracríquete broquiano (um jogo curioso, no qual, entre outras coisas, os jogadores de repente batiam uns nos outros sem nenhum motivo aparente e depois fugiam correndo), que decidiram sentar e resolver esses problemas de uma vez por todas.

Para tal, construíram um estupendo supercomputador tão extraordinariamente inteligente que, mesmo antes de seus bancos de dados serem ligados, ele já deduzira, a partir do princípio *Penso, logo existo*, a existência do pudim de arroz e do imposto de renda, antes que tivessem tempo de desligá-lo.

Era do tamanho de uma cidade pequena.

Seu terminal principal foi instalado num escritório especialmente projetado para esse fim, sobre uma mesa imensa de ultramogno, com tampo forrado de finíssimo couro ultravermelho. O carpete escuro era discretamente suntuoso; havia plantas exóticas e gravuras de muito bom gosto que representavam os principais programadores do computador com suas respectivas famílias, e janelas imponentes que davam para uma praça toda arborizada.

No dia da Grande Ligação do Computador, dois programadores de roupas sóbrias, carregando pastas, entraram e foram discretamente levados até a sala do terminal. Sabiam que nesse dia agiam como representantes de sua espécie em seu momento mais solene, mas estavam perfeitamente calmos. Sentaram-se à mesa com certa deferência, abriram suas pastas e delas tiraram cadernos encadernados em couro.

Chamavam-se Lunkwill e Fook.

Por alguns momentos, permaneceram num silêncio respeitoso. Depois, após trocar um olhar com Fook, Lunkwill se inclinou para a frente e tocou num pequeno painel negro.

Um sutilíssimo zumbido indicou que o enorme computador estava agora em funcionamento. Após uma pausa, ele falou, com uma voz cheia, ressoante e grave:

— Qual é a grande tarefa que eu, Pensador Profundo, o segundo maior computador do Universo do Tempo e Espaço, fui criado para assumir?

Lunkwill e Fook se entreolharam, surpresos.

— Sua tarefa, ó computador... — ia dizendo Fook.

— Não, espere um minuto, isso não está certo — interrompeu Lunkwill, preocupado. — Nós projetamos esse computador de modo que ele fosse o maior de todos, e não vamos aceitar essa história de "segundo maior". Pensador Profundo — disse ele, dirigindo-se ao computador —, então você não é, tal como foi feito para ser, o maior e mais poderoso computador de todos os tempos?

— Eu disse que era o segundo maior — respondeu Pensador Profundo —, e é o que sou.

Os dois programadores trocaram outro olhar preocupado. Lunkwill pigarreou.

— Deve haver algum engano — disse ele. — Você não é maior que o Pantagrucérebro Colossal de Maximegalon, que é capaz de contar todos os átomos de uma estrela em um milissegundo?

— O Pantagrucérebro Colossal? — disse Pensador Profundo, sem tentar disfarçar seu desprezo. — Aquele ábaco? Falemos de outra coisa.

245

DOUGLAS ADAMS

– E você não é um calculador mais hábil – disse Fook, nervoso – que o Pensador Estelar Googleplex da Sétima Galáxia de Luz e Engenho, capaz de calcular a trajetória de cada grão de poeira em uma tempestade de areia de cinco semanas em Beta de Dangrabad?

– Uma tempestade de areia de cinco semanas? – exclamou Pensador Profundo, arrogante. – Eu, que já considerei os vetores dos átomos do próprio Big-Bang? Não me venham com essas proezas de calculadora de bolso.

Por um momento, os dois programadores não souberam o que dizer. Então Lunkwill falou de novo:

– Mas não é verdade que você é um adversário mais temível que o Grande Estronca-Nêutrons Omni-Cognato Hiperlóbico de Ciceronicus 12, o Mágico e Infatigável?

– O Grande Estronca-Nêutrons Omni-Cognato Hiperlóbico – disse Pensador Profundo, caprichando nos erres – é capaz de argumentar com uma megamula de Arcturus até ela cair morta de exaustão, mas só eu seria capaz de convencê-la a se levantar e andar depois.

– Então – perguntou Fook – qual é o problema?

– Não há problema – disse Pensador Profundo, num tom de voz extraordinariamente ressonante. – Sou simplesmente o segundo maior computador no Universo do Espaço e Tempo.

– Mas o segundo? – insistiu Lunkwill. – Por que você

246

fala a toda hora que é o segundo? Será que você está pensando no Ruminador Titânico Perspieutrônico Multicorticoide? Ou no Meditamático? Ou no...

Luzinhas arrogantes piscaram no terminal.

— Não gasto um bit pensando nesses retardados cibernéticos! Só falo do computador que há de vir depois de mim!

Fook estava perdendo a paciência. Pôs de lado o caderno e murmurou:

— Acho esse seu messianismo totalmente fora de propósito.

— Você nada sabe do futuro — disse Pensador Profundo —, enquanto eu, com meus circuitos abundantes, navego nos deltas infinitos da probabilidade futura e vejo que um dia surgirá um computador cujos parâmetros operacionais não sou digno de calcular, mas que será meu destino um dia projetar.

Fook suspirou fundo e olhou para Lunkwill.

— Podemos fazer logo a pergunta?

Lunkwill fez sinal para que ele esperasse.

— De que computador você está falando? — perguntou Lunkwill.

— Não falarei mais dele no presente — respondeu Pensador Profundo. — Podem me perguntar qualquer outra coisa que eu funcionarei. Falem.

Os dois deram de ombros. Fook se endireitou na cadeira.

— Ó Pensador Profundo, a tarefa que lhe cabe assumir é a seguinte: queremos que nos diga... — fez uma pausa e concluiu: — ... a Resposta!

— A Resposta? — repetiu Pensador Profundo. — Resposta a que pergunta?

— A Vida! — exclamou Fook.

— O Universo! — disse Lunkwill.

— E tudo mais! — exclamaram em uníssono.

Pensador Profundo fez uma pausa para refletir.

— Essa é fogo — disse finalmente.

— Mas você pode nos dizer?

Outra pausa significativa.

— Posso, sim — respondeu Pensador Profundo.

— Então há uma resposta? — perguntou Fook, ofegante.

— Uma resposta simples? — perguntou Lunkwill.

— Sim — respondeu Pensador Profundo. — A Vida, o Universo e Tudo Mais. Há uma resposta. Mas vou ter que pensar nela.

O momento solene foi interrompido por uma comoção súbita: a porta se abriu de repente e entraram dois homens irritados, trajando as vestes e cinturões de fazenda azul desbotada e grosseira que os identificavam como membros da Universidade de Cruxwan, empurrando para o lado os empregados que tentavam impedir sua entrada.

— Exigimos o direito de entrar! — gritou o mais jovem

O GUIA DO MOCHILEIRO DAS GALÁXIAS

dos dois, enfiando um cotovelo no pescoço de uma jovem e bonita secretária.

– Ora! – gritou o mais velho. – Vocês não podem nos manter do lado de fora! – Empurrou um jovem programador para fora da sala.

– Exigimos o direito de vocês não terem o direito de impedir que entremos! – gritou o mais jovem, embora já estivesse dentro da sala e ninguém o estivesse empurrando para fora.

– Quem são vocês? – perguntou Lunkwill, irritado, levantando-se. – O que vocês querem?

– Sou Majikthise! – proclamou o mais velho.

– E exijo que eu seja Vroomfondel! – gritou o mais jovem.

Majikthise se virou para Vroomfondel.

– Tudo bem – explicou, zangado. – Isso você não tem que exigir!

– Está bem! – berrou Vroomfondel, esmurrando uma mesa. – Eu sou Vroomfondel, e isto não é uma exigência, e sim um *fato concreto*! O que exigimos são *fatos concretos*!

– Nada disso! – exclamou Majikthise, mais irritado ainda. – É justamente isso que não exigimos!

Sem parar para respirar, Vroomfondel gritou:

– *Não* exigimos fatos concretos! O que exigimos é uma *ausência* total de fatos concretos. Exijo que eu possa ser ou não ser Vroomfondel!

DOUGLAS ADAMS

— Mas, afinal, quem são vocês? — gritou Fook, indignado.

— Somos — disse Majikthise — filósofos.

— Se bem que podemos não ser — disse Vroomfondel, dedo em riste na cara dos programadores.

— Ah, somos, *sim*, definitivamente! — insistiu Majikthise.

— Somos representantes do Sindicato Reunido de Filósofos, Sábios, Luminares e Outras Pessoas Pensantes, e queremos que essa máquina seja desligada *agora mesmo!*

— Qual é o problema? — perguntou Lunkwill.

— Eu lhe digo já, já qual é o problema, meu chapa! — respondeu Majikthise. — O problema é a demarcação!

— Exigimos — gritou Vroomfondel — que o problema possa ser ou não ser a demarcação!

— Essas máquinas têm mais é que fazer contas — disse Majikthise —, enquanto nós cuidamos das verdades eternas. Quer saber a sua situação perante a lei? Pela lei, a Busca da Verdade Última é uma prerrogativa inalienável dos pensadores. Se uma porcaria de uma máquina resolve procurar e *acha* a porcaria da Verdade, como é que fica o nosso emprego? O que adianta a gente passar a noite em claro discutindo se Deus existe ou não pra no dia seguinte essa máquina dizer qual é o número do telefone dele?

— Isso mesmo! — gritou Vroomfondel. — Exigimos áreas de dúvida e incerteza rigidamente delimitadas!

De repente, uma voz tonitruante ressoou no recinto:

250

O GUIA DO MOCHILEIRO DAS GALÁXIAS

— Por acaso eu poderia fazer uma observação? — perguntou Pensador Profundo.

— A gente entra em greve! — gritou Vroomfondel.

— Isso mesmo! — apelou Majikthise. — É o que vocês vão arranjar, uma greve nacional de filósofos!

O nível de zumbido de repente aumentou quando diversos alto-falantes auxiliares, instalados em caixas de som envernizadas e trabalhadas, entraram em funcionamento para dar um pouco mais de potência à voz de Pensador Profundo, que prosseguiu:

— Eu só queria dizer que meus circuitos agora estão irrevogavelmente dedicados à tarefa de calcular a resposta à Questão Fundamental da Vida, o Universo e Tudo Mais. — Fez uma pausa, para se certificar de que agora todos estavam prestando atenção nele, e então acrescentou, em voz mais baixa: — Só que o programa vai levar certo tempo pra ser processado.

Fook olhou para o relógio, impaciente.

— Quanto tempo?

— Sete milhões e quinhentos mil anos — respondeu o computador.

Lunkwill e Fook se entreolharam.

— Sete milhões e quinhentos mil anos...! — exclamaram em uníssono.

— Exato — disse Pensador Profundo. — Eu disse que ia ter

DOUGLAS ADAMS

que pensar, não disse? E me ocorre que um programa como esse certamente há de gerar uma publicidade imensa para toda a área de filosofia. Todo mundo vai elaborar uma teoria a respeito da resposta que vou dar no final. E ninguém poderá explorar melhor essa situação nos meios de comunicação do que vocês. Enquanto vocês continuarem a discordar violentamente um do outro e a se atacar mutuamente na imprensa e a contratar bons agentes, vocês garantem sombra e água fresca pro resto da vida. É ou não é?

Os dois filósofos olhavam boquiabertos para o terminal.

— Ora — disse Majikthise —, isso é que é pensar de verdade, o resto é conversa fiada. Me diga uma coisa, Vroomfondel, como é que a gente nunca teve uma ideia dessas?

— Sei lá — sussurrou Vroomfondel, reverente. — Acho que é porque nossos cérebros são treinados demais, Majikthise.

E, assim, os dois se viraram e saíram da sala, prontos para viver num padrão de vida muito superior ao dos seus sonhos mais loucos.

26

– É muito edificante – disse Arthur quando Slartibart-fast terminou sua narrativa –, mas continuo não vendo relação entre isso tudo e a Terra, os ratos e tudo mais.
— Isso é apenas a primeira metade da história, terráqueo – disse o velho. – Se você quiser saber o que aconteceu sete milhões e quinhentos mil anos depois, no grande dia da Resposta, permita-me convidá-lo a visitar meu gabinete de

O GUIA DO MOCHILEIRO DAS GALÁXIAS

estudo, onde você mesmo poderá vivenciar os eventos por meio de gravações em Sensorama. Quero dizer, a menos que você prefira dar um passeio pela superfície da Nova Terra. Infelizmente ainda não está terminada; ainda nem acabamos de enterrar os esqueletos de dinossauros artificiais na crosta terrestre, e depois ainda temos que fazer os períodos terciário e quaternário da era cenozoica, mais o...

— Não, obrigado — disse Arthur. — Não seria a mesma coisa.

— É — concordou Slartibartfast —, não mesmo. — E deu meia-volta no aeromóvel, voltando para a parede inconcebível.

27

O gabinete de Slartibartfast era uma bagunça completa, semelhante a uma biblioteca pública após uma explosão. O velho fechou a cara assim que entraram.

— Que azar! — disse ele. — Explodiu um diodo de um dos computadores dos sistemas de suporte de vida. Quando tentamos reavivar nossa equipe de limpeza, descobrimos que estão todos mortos há quase trinta mil anos. Eu queria saber quem é que vai remover os cadáveres. Escuta, senta ali enquanto eu ligo o aparelho, está bem?

Indicou uma cadeira que parecia feita com a caixa torácica de um estegossauro.

— Ela foi feita com a caixa torácica de um estegossauro — explicou o velho, puxando uns fios de baixo de pilhas de papel e instrumentos. — Pronto. Segure as pontas — disse, entregando duas pontas de fio desencapado a Arthur.

No momento em que ele as pegou, um pássaro veio voando e passou através dele.

Arthur estava pairando em pleno ar, e totalmente in-

256

O GUIA DO MOCHILEIRO DAS GALÁXIAS

visível para si próprio. Lá embaixo via uma bela praça arborizada; para todos os lados havia prédios de concreto branco, construções bem espaçosas, porém um tanto velhas; muitos dos prédios tinham rachaduras e manchas causadas pela chuva. Mas naquele dia em particular fazia sol, uma brisa agradável balançava os galhos das árvores, e Arthur tinha a curiosa sensação de que todos os prédios estavam zumbindo discretamente, talvez porque a praça e as ruas que nela desembocavam estavam cheias de pessoas alegres e animadas. Em algum lugar, uma banda de música tocava; flâmulas coloridas balançavam na brisa; havia um ar de festa na cidade.

Arthur se sentia extraordinariamente solitário lá no alto, sem ter nem mesmo um corpo para chamar de seu, mas, antes que ele tivesse tempo de pensar em sua situação, uma voz ressoou na praça, pedindo a atenção de todos.

Em pé sobre uma plataforma enfeitada em frente ao prédio mais importante da praça, um homem se dirigia à multidão através de um megafone.

– Ó vós que aguardais à sombra de Pensador Profundo! – gritou ele. – Honrados descendentes de Vroomfondel e Majikthise, os maiores e mais interessantes sábios do Universo... É findo o Tempo de Espera!

Um coro de vivas se elevou da multidão. Bandeiras, flâmulas e assobios cruzaram os ares. As ruas mais estreitas

DOUGLAS ADAMS

pareciam centopeias emborcadas, agitando suas perninhas desesperadamente.

– Há sete milhões e quinhentos mil anos que nossa espécie espera por este Grande Dia de Iluminação! – gritou o homem. – O Dia da Resposta!

Hurras entusiásticos brotaram da multidão.

– Nunca mais acordaremos de manhã perguntando a nós mesmos: *Quem sou eu? Qual meu objetivo na vida? Em uma escala cósmica, faz alguma diferença se hoje eu resolver não me levantar e não ir ao trabalho?* Pois hoje saberemos, de uma vez por todas, a resposta clara e simples a todas estas incômodas perguntas relacionadas à Vida, ao Universo e a Tudo Mais!

Enquanto a multidão aplaudia mais uma vez, Arthur planava em direção a uma das grandes e imponentes janelas do primeiro andar do prédio atrás da plataforma.

Arthur foi dominado pelo pânico durante um instante, quando se viu voando para dentro da janela, mas um segundo depois se deu conta de que havia atravessado a vidraça sem sentir nada.

Ninguém na sala achou nada de estranho quando ele chegou, o que aliás era perfeitamente compreensível, já que, na verdade, Arthur não estava lá. Ele começou a entender que toda aquela experiência que estava tendo não passava de uma projeção, algo que punha no chinelo o filme de 70 milímetros com seis canais de som.

O GUIA DO MOCHILEIRO DAS GALÁXIAS

A sala era tal como Slartibartfast a havia descrito. Durante sete milhões e quinhentos mil anos ela fora bem cuidada, sendo limpa regularmente a cada cem anos, mais ou menos. A mesa de ultramogno estava gasta nas beiradas, o carpete estava um pouco desbotado, mas o grande terminal de computador embutido no tampo de couro da mesa estava tão reluzente quanto se tivesse sido construído na véspera.

Dois homens sobriamente vestidos, sentados diante do terminal, aguardavam.

— Está chegando a hora — disse um deles, e Arthur se surpreendeu ao ver uma palavra se materializar ao lado do pescoço do homem. A palavra era LOONQUAWL; ela piscou umas duas vezes e depois desapareceu. Antes que Arthur tivesse tempo de assimilar o ocorrido, o outro homem falou, e a palavra PHOUCHG apareceu ao lado de seu pescoço.

— Há 75 gerações, nossos ancestrais deram início a esse programa — disse o segundo homem —, e após todo esse tempo nós seremos os primeiros a ouvir o computador falar.

— Uma perspectiva tremenda, Phouchg — concordou o primeiro homem, e Arthur de repente entendeu que estava assistindo a uma gravação com letreiros.

— Seremos nós que ouviremos a resposta à grande questão da Vida...! — disse Phouchg.

259

— O Universo...! — disse Loonquawl.

— E Tudo Mais...!

— Psss! — exclamou Loonquawl com um gesto sutil.
— Acho que Pensador Profundo está se preparando para falar!

Houve uma pausa cheia de expectativa quando as luzes do painel lentamente foram se acendendo. As luzes piscaram, como se a título de experiência, e logo assumiram um ritmo funcional. O canal de comunicação começou a emitir um zumbido suave.

— Bom dia — disse Pensador Profundo por fim.

— Ah... Bom dia, ó Pensador Profundo — disse Loonquawl, nervoso. — Você tem... ah, quero dizer...

— Uma resposta para vocês? — interrompeu Pensador Profundo, majestoso. — Tenho, sim.

Os dois homens tremeram de expectativa. Sua espera não fora em vão.

— Então há mesmo uma resposta? — exclamou Phouchg.

— Há mesmo uma resposta — confirmou Pensador Profundo.

— A resposta final? À grande Questão da Vida, o Universo e Tudo Mais?

— Sim.

Os dois homens haviam sido treinados para esse momento. Toda a sua vida fora uma longa preparação para

O GUIA DO MOCHILEIRO DAS GALÁXIAS

ele: haviam sido escolhidos para testemunhar a resposta no momento em que nasceram. Mesmo assim, sentiam-se alvoroçados e ofegantes como crianças excitadas.

— E você está pronto pra nos dar a resposta? — perguntou Loonquawl.

— Estou.

— Agora?

— Agora — disse Pensador Profundo.

Os dois umedeceram os lábios secos.

— Se bem que eu acho que vocês não vão gostar — disse o computador.

— Não faz mal — exclamou Phouchg. — Precisamos conhecer a resposta! Agora!

— Agora? — perguntou Pensador Profundo.

— É, agora!

— Está bem — disse o computador, e calou-se. Os dois homens se remexiam, inquietos. A tensão era insuportável.

— Olhem, vocês não vão gostar mesmo — comentou Pensador Profundo.

— Diga logo!

— Está bem — disse o computador. — A Resposta à Grande Questão...

— Sim...!

— Da Vida, o Universo e Tudo Mais... — disse Pensador Profundo.

261

O GUIA DO MOCHILEIRO DAS GALÁXIAS

— Sim!

— É... — disse Pensador Profundo, e fez uma pausa.

— Sim...!

— É...

— Sim...!!!...?

— Quarenta e dois — disse Pensador Profundo, com uma majestade e uma tranquilidade infinitas.

28

Durante muito, muito tempo, ninguém disse nada. Com o canto do olho, Phouchg via pela janela o mar de rostos cheios de expectativa na praça.

— Nós vamos ser linchados, não vamos? — sussurrou.

— A pergunta não foi fácil — disse Pensador Profundo, com modéstia.

— Quarenta e dois! — berrou Loonquawl. — É tudo que você tem a nos dizer depois de sete milhões e quinhentos mil anos de trabalho?

— Eu verifiquei cuidadosamente — disse o computador —, e não há dúvida de que a resposta é essa. Para ser franco, acho que o problema é que vocês jamais souberam qual é a pergunta.

— Mas era a Grande Pergunta! A Questão Fundamental da Vida, o Universo e Tudo Mais — gritou Loonquawl.

— É — disse Pensador Profundo, com um tom de voz de quem tem enorme paciência para aturar pessoas estúpidas —, mas qual é exatamente a pergunta?

O GUIA DO MOCHILEIRO DAS GALÁXIAS

Um silêncio de estupefação aos poucos dominou os homens, que olharam para o computador e depois se entreolharam.

— Bem, você sabe, é simplesmente tudo... tudo... — começou Phouchg, vacilante.

— Pois é! — disse Pensador Profundo. — Assim, quando vocês souberem qual é exatamente a pergunta, vocês saberão o que significa a resposta.

— Genial — sussurrou Phouchg, jogando o caderno para o lado e enxugando uma pequena lágrima.

— Está bem, está bem — disse Loonquawl. — Será que dava pra você nos dizer qual é a pergunta?

— A Pergunta Fundamental?

— É!

— Sobre a Vida, o Universo e Tudo Mais?

— É!

Pensador Profundo pensou um pouco.

— Essa é fogo — disse ele.

— Mas você pode descobri-la? — perguntou Loonquawl.

Pensador Profundo ponderou a questão por mais algum tempo.

— Não — respondeu por fim, com firmeza.

Os dois homens caíram sentados, em desespero.

— Mas eu posso dizer quem pode — disse o computador.

Os dois levantaram os olhos de repente.

265

— Quem?

— Diga!

De repente, Arthur começou a sentir seus pelos inexistentes ficarem em pé à medida que ele se aproximava lenta porém inexoravelmente do terminal do computador, mas era apenas um zoom de grande efeito dramático por parte de quem havia realizado aquela gravação, aparentemente.

— Refiro-me ao computador que virá depois de mim — proclamou Pensador Profundo, reassumindo seu tom declamatório habitual. — Um computador cujos parâmetros operacionais eu não sou digno de calcular, mas que, ainda assim, irei projetar para vocês. Um computador capaz de calcular a Pergunta referente à Resposta Fundamental, um computador de tamanha complexidade sutil e infinita que a própria vida orgânica fará parte de sua matriz operacional. E vocês assumirão uma nova forma e entrarão no computador para operar seu programa durante dez milhões de anos! Sim! Eu projetarei esse computador para vocês. E eu também lhe darei um nome. E ele se chamará... Terra.

Phouchg olhou para Pensador Profundo, atônito.

— Que nome mais besta — disse ele, e longas incisões se abriram em seu corpo de alto a baixo. Loonquawl, também, de repente começou a sofrer cortes terríveis vindos

266

O GUIA DO MOCHILEIRO DAS GALÁXIAS

de lugar nenhum. O terminal do computador inchou e rachou, as paredes estremeceram e desabaram, e toda a sala caiu para cima, em direção ao teto...

SLARTIBARTFAST ESTAVA EM PÉ diante de Arthur, segurando os dois fios.

— Fim da gravação — explicou ele.

29

– Zaphod! Acorde!
    – Mmmmmaaaaaãããããhn?

– Vamos, acorde logo.

– Deixe que eu continue fazendo o que sei fazer, está bem? – murmurou Zaphod; sua voz morreu aos poucos e ele adormeceu de novo.

– Quer levar um chute? – perguntou Ford.

– Isso vai lhe dar muito prazer? – retrucou Zaphod, com a voz cheia de sono.

– Não.

– A mim também não. Então pra que me chutar? Pare de me perturbar. – E Zaphod se encolheu de novo.

– Ele ingeriu uma dose dupla de gás – disse Trillian, olhando para Zaphod. – Duas traqueias.

– E parem de falar – disse Zaphod. – Já não é fácil dormir aqui. Qual o problema com este chão? Está tão duro, gelado.

– É ouro – disse Ford.

O GUIA DO MOCHILEIRO DAS GALÁXIAS

Com um movimento espantoso de bailarino, Zaphod ficou de pé e começou a olhar para todos os lados, até o horizonte; era tudo ouro, o chão era uma camada perfeitamente lisa e sólida de ouro. Brilhava como... é impossível achar uma comparação razoável, porque nada no Universo brilha exatamente como um planeta de ouro maciço.

— Quem botou isto tudo aqui? — exclamou Zaphod, de olhos esbugalhados.

— Não fique excitado — disse Ford. — Isto é só um catálogo.

— O quê?

— Um catálogo — disse Trillian — Uma ilusão.

— Como é que vocês podem dizer uma coisa dessas? — exclamou Zaphod, caindo de quatro e olhando para o chão. Cutucou-o com o dedo. Era muito pesado e ligeiramente macio — era possível riscá-lo com a unha. Era muito amarelo e muito brilhante, e, quando ele bafejava a superfície, ela embaçava e depois desembaçava daquela maneira peculiar que é característica das superfícies de ouro maciço.

— Trillian e eu acordamos uns minutos atrás — disse Ford. — Gritamos até que alguém veio e continuamos a gritar até que eles se encheram e trancaram a gente aqui no catálogo de planetas, pra gente se distrair até que eles estejam preparados pra lidar conosco. Isto aqui é só uma gravação em Sensorama.

Zaphod o olhou com raiva.

269

— Ora, merda — exclamou ele —, você me acorda no meio do meu sonho agradável pra me mostrar o sonho de outra pessoa? — Sentou-se, emburrado. — E aqueles vales ali, que é aquilo? — perguntou.

— É só o selo de qualidade — disse Ford. — Já fomos lá ver.

— Não acordamos você antes — disse Trillian. — O último planeta era só peixe até a altura das canelas.

— Peixe?

— Tem gosto pra tudo.

— E antes dos peixes — disse Ford — foi platina. Meio chato. Mas este aqui achamos que você ia gostar de ver.

Mares de luz dourada resplandeciam em todas as direções, para onde quer que olhassem.

— Muito bonito — disse Zaphod com petulância.

No céu apareceu um enorme número de catálogo. Ele piscou e mudou. Quando os três olharam ao redor, viram que a paisagem mudara também.

Em uníssono, os três exclamaram:

— Argh!

O mar era roxo. A praia em que estavam era de pedrinhas amarelas e verdes — provavelmente pedras terrivelmente preciosas. Ao longe, as montanhas ostentavam picos vermelhos; pareciam macias e ondulantes. A pouca distância de onde estavam havia uma mesa de praia de

O GUIA DO MOCHILEIRO DAS GALÁXIAS

prata maciça, com uma sombrinha alva ornada com borlas de prata.

No céu apareceram os seguintes dizeres em letras garrafais, substituindo o número do catálogo: *Qualquer que seja seu gosto, Magrathea tem o que você deseja. Não nos orgulhamos disso.*

E então quinhentas mulheres nuas em pelo caíram do céu de paraquedas.

Imediatamente o cenário desapareceu, sendo substituído por um pasto cheio de vacas.

— Ah, meus cérebros! — exclamou Zaphod.

— Quer falar sobre isso? — perguntou Ford.

— Está bem — disse Zaphod, e os três se sentaram e ignoraram os cenários que surgiam e desapareciam a seu redor.

— O que eu acho é o seguinte — disse Zaphod. — Seja lá o que for que aconteceu com a minha mente, fui eu que fiz. E fiz de um jeito tal que os testes governamentais a que me submeteram quando me candidatei não pudessem descobrir nada. E que nem mesmo eu soubesse o que fiz. Tremenda loucura, não é?

Os outros dois concordaram com a cabeça.

— Então me pergunto: o que seria tão secreto que não posso deixar que ninguém saiba, nem mesmo o governo galáctico, nem mesmo eu? E a resposta é: não sei. É óbvio. Mas juntei uma coisa e outra, e dá pra eu fazer uma ideia. Quando foi que resolvi me candidatar à presidência? Logo

271

depois da morte do presidente Yooden Vranx. Você se lembra de Yooden, Ford?

– Lembro – disse Ford. – Aquele cara que nós conhecemos quando éramos garotos, o comandante de Arcturus. Ele era um barato. Nos deu umas castanhas quando você arrombou o megacargueiro dele. Disse que você era o garoto mais incrível que ele já tinha visto.

– Que história é essa? – perguntou Trillian.

– Uma história antiga – disse Ford –, do nosso tempo de garotos, lá em Betelgeuse. Os megacargueiros de Arcturus eram encarregados da maior parte do comércio entre o Centro Galáctico e as regiões periféricas. Os vendedores da astronáutica mercante de Betelgeuse encontravam os mercados e os arcturianos os abasteciam. Havia muita pirataria no espaço antes das guerras de Dordellis, quando os piratas foram dizimados, e os megacargueiros eram equipados com os escudos de defesa mais fantásticos de toda a Galáxia. Eram realmente umas naves enormes. Quando entravam em órbita ao redor de um planeta, elas eclipsavam o sol.

Ford fez uma pausa para criar suspense.

– Um dia – continuou –, o jovem Zaphod resolveu saquear uma delas. Num patinete de três propulsores a jato, feito para navegar na estratosfera, coisa de garoto mesmo. Ele era totalmente pirado. Fui junto porque havia apostado uma boa nota que ele não ia conseguir, e não queria

O GUIA DO MOCHILEIRO DAS GALÁXIAS

que ele voltasse com provas falsas de que tinha conseguido. Pois sabe o que aconteceu? Entramos no patinete dele, que já era algo totalmente diferente de tanto que ele o tinha incrementado, cobrimos uma distância de três parsecs em poucas semanas, arrombamos um megacargueiro, até hoje não sei como, fomos até a ponte de comando brandindo pistolas de brinquedo e exigimos castanhas. Maluquice maior nunca vi. Perdi um ano de mesadas. Tudo pra ganhar o quê? Castanhas.

— O capitão era um cara realmente incrível, o tal de Yooden Vranx — disse Zaphod. — Ele nos deu comida, bebida, coisas dos lugares mais exóticos da Galáxia, muita castanha, claro, e a gente se divertiu pacas. Depois ele teleportou a gente. Direto pra ala de segurança máxima da prisão estadual de Betelgeuse. Um cara incrível. Acabou presidente da Galáxia.

Zaphod parou de falar.

O cenário ao redor deles estava no momento imerso na escuridão. Névoas escuras elevavam-se, sombras imensas moviam-se indistintas. O ar era ocasionalmente riscado por ruídos de seres ilusórios assassinando outros seres ilusórios. Pelo visto, havia quem gostasse daquilo o bastante para ter valor comercial.

— Ford — disse Zaphod, em voz baixa.

— Sim?

— Pouco antes de morrer, Yooden me procurou.

— É mesmo? Você nunca me contou.

— Não.

— O que foi que ele disse? Por que ele procurou você?

— Me falou sobre a nave *Coração de Ouro*. Ele é que me deu a ideia de roubá-la.

— *Ele?*

— É — disse Zaphod —, e a única oportunidade pra isso seria a cerimônia de lançamento.

Ford arregalou os olhos para ele por um instante, depois caiu na gargalhada.

— Você está me dizendo que virou presidente da Galáxia só pra roubar essa nave? — perguntou ele.

O GUIA DO MOCHILEIRO DAS GALÁXIAS

— Justamente — disse Zaphod, com o tipo de sorriso que, na maioria das pessoas, teria o efeito de fazer com que elas fossem trancafiadas em celas acolchoadas.

— Mas por quê? — perguntou Ford. — Por que é tão importante pra você ter essa nave?

— Sei lá — disse Zaphod. — Acho que, se eu soubesse conscientemente por que isso é tão importante e pra que eu precisava dela, isso teria aparecido nos testes governamentais e eu jamais teria passado. Acho que Yooden me disse um monte de coisas que ainda estão trancadas no meu cérebro.

— Então por causa da conversa com Yooden você bagunçou o próprio cérebro?

— Ele levava qualquer um no papo.

— É, rapaz, mas você tem que se cuidar, sabe?

Zaphod deu de ombros.

— Mas será que você não faz a menor ideia do porquê disso tudo? — insistiu Ford.

Zaphod pensou bastante na pergunta e uma dúvida pareceu surgir em sua mente.

— Não — disse por fim. — Acho que não estou revelando nenhum dos meus segredos a mim mesmo. Seja como for — acrescentou, após pensar mais um pouco —, eu até entendo. Eu é que não sou maluco de confiar em mim.

Um minuto depois, o último planeta do catálogo desapareceu e o mundo concreto reapareceu ao redor deles.

DOUGLAS ADAMS

Estavam sentados numa sala de espera luxuosa, cheia de mesas de vidro e prêmios recebidos em concursos de design.

Um magratheano alto estava em pé diante dos três.

— Os ratos querem ver vocês agora.

30

– Pois é isso – disse Slartibartfast, fazendo uma tentativa puramente pró-forma de arrumar a bagunça extraordinária de seu gabinete. Pegou um papel que estava no alto de uma pilha de objetos, mas, como não sabia onde guardá-lo, recolocou-o no alto da mesma pilha, que imediatamente desabou. – Pensador Profundo projetou a Terra, nós a construímos e você viveu nela.

– E os vogons vieram e a destruíram cinco minutos antes de terminar o processamento do programa – disse Arthur, não sem um toque de rancor.

– É – disse o velho, olhando ao redor sem saber por onde começar. – Dez milhões de anos de planejamento e trabalho, tudo por água abaixo. Dez milhões de anos, terráqueo... Você concebe uma coisa dessas? Toda uma civilização galáctica pode evoluir a partir de um verme, cinco vezes seguidas, em dez milhões de anos. Tudo por água abaixo. – Fez uma pausa. – Pois é, maldita burocracia – acrescentou.

— Sabe — disse Arthur, pensativo —, isso explica um monte de coisas. Toda a minha vida eu sempre tive uma impressão estranha, inexplicável, de que estava acontecendo alguma coisa no mundo, uma coisa importante, até mesmo sinistra, e ninguém me dizia o que era.

— Não — disse o velho —, isso é só uma paranoia perfeitamente normal. Todo mundo no Universo tem isso.

— Todo mundo? — repetiu Arthur. — Bem, se todo mundo tem isso, então talvez isso queira dizer alguma coisa. Quem sabe em algum lugar fora do Universo que conhecemos...

— Talvez. E daí? — disse Slartibartfast antes que Arthur ficasse muito excitado com a ideia. — Talvez eu esteja velho e cansado, mas acho que a probabilidade de descobrir o que realmente está acontecendo é tão absurdamente remota que a única coisa a fazer é deixar isso pra lá e simplesmente arranjar alguma coisa pra fazer. Veja o meu caso: eu trabalho em litorais. Ganhei um prêmio pela Noruega. — Ele começou a remexer no meio de uma pilha de cacarecos, tirou dela um grande bloco de acrílico contendo um modelo da Noruega e mais o nome dele. — O que adiantou ganhar isto? Que eu saiba, nada. Passei a vida inteira fazendo fiordes. De repente, durante algum tempo, eles entraram na moda e eu ganhei um grande prêmio. — Revirou o bloco de acrílico na mão e, dando de ombros, jogou-o para

O GUIA DO MOCHILEIRO DAS GALÁXIAS

o lado, descuidadamente, mas não tão descuidadamente que não desse um jeito de fazer com que o troféu caísse sobre alguma coisa macia. — Nesta Terra substituta que estamos construindo me encarregaram da África, e é claro que estou carregando nos fiordes, porque eu gosto, e sou um sujeito antiquado a ponto de achar que os fiordes dão um belo toque barroco num continente. E agora estão me dizendo que isso não condiz com o caráter equatorial do lugar. Equatorial! — esbravejou Slartibartfast, soltando uma risada sarcástica. — Que importância tem isso? A ciência conseguiu algumas coisas fantásticas, não vou negar, mas acho mais importante estar feliz do que estar certo.

— E o senhor está feliz?

— Não. Aí é que está o problema, é claro.

— Que pena — disse Arthur, com sentimento. — Estava me parecendo um estilo de vida e tanto.

Uma luzinha branca se acendeu na parede.

— Vamos — disse Slartibartfast —, você vai conhecer os ratos. A sua chegada a este planeta causou muito rebuliço. Parece que alguém já fez o cálculo, e é o terceiro evento mais improvável na história do Universo.

— Quais são os dois primeiros?

— Ah, provavelmente apenas coincidências — disse Slartibartfast, dando de ombros. Abriu a porta e esperou que Arthur o seguisse.

279

Arthur olhou ao redor mais uma vez e depois para as próprias roupas, as mesmas roupas suadas e sujas com as quais havia se deitado na lama na manhã de quinta-feira.

— Estou tendo sérios problemas com meu estilo de vida — murmurou Arthur.

— O quê? — perguntou o velho.

— Ah, nada. Eu estava só brincando.

31

Como todos sabem, palavras ditas impensadamente podem custar muitas vidas, mas nem todos sabem como esse problema é sério.

Por exemplo, no exato momento em que Arthur disse "Estou tendo sérios problemas com meu estilo de vida", abriu-se um buraco aleatório na textura do contínuo espaço-tempo que transportou as palavras de Arthur para um passado muito remoto, para uma distância espacial quase infinita, até uma galáxia distante onde estranhos seres belicosos estavam prestes a dar início a uma terrível batalha interestelar.

Os dois líderes adversários estavam se encontrando pela última vez.

Fez-se um silêncio terrível na mesa de reuniões quando o comandante dos vl'hurgs, com seu resplandecente short de batalha negro cravejado de pedras preciosas, encarou o líder dos g'gugvuntts, de cócoras à sua frente, numa nuvem de vapor verde e odorífico, e, cercado de um milhão de cru-

281

O GUIA DO MOCHILEIRO DAS GALÁXIAS

zadores estelares aerodinâmicos e armados até os dentes, preparados para desencadear a morte elétrica assim que ele desse a ordem, desafiou a vil criatura a retirar o que ela tinha dito a respeito da mãe dele.

A criatura se remexeu em sua nuvem de vapor escaldante e pestilento e, neste exato momento, ouviram-se as palavras *Estou tendo sérios problemas com meu estilo de vida* na sala de reuniões.

Infelizmente, na língua dos vl'hurgs isso era o pior insulto possível, e não havia outra reação senão desencadear uma terrível guerra, que durou séculos.

Naturalmente, alguns milênios depois, quando a galáxia em questão havia sido devastada, descobriu-se que tudo não passara de um lamentável mal-entendido; e assim as duas frotas inimigas resolveram acertar as poucas diferenças que ainda tinham e se unir para atacar a nossa Galáxia, já identificada, com absoluta certeza, como fonte do comentário ofensivo.

Durante milhares de anos, as naves majestosas atravessaram os imensos espaços vazios intergalácticos, finalmente parando no primeiro planeta que encontraram, que era, por acaso, a Terra; e lá, devido a um erro colossal de escala, toda a frota foi acidentalmente engolida por um cachorrinho.

Aqueles que estudam o complexo inter-relacionamento entre causas e efeitos na história do Universo dizem que

283

esse tipo de coisa acontece o tempo todo, mas nós não podemos fazer nada.

— A vida é assim mesmo — dizem eles.

Após uma curta viagem de aeromóvel, Arthur e o velho magratheano chegaram a uma porta. Saltaram do veículo e entraram numa sala de espera cheia de mesas de vidro e troféus de acrílico. Quase imediatamente, uma luz começou a piscar acima da porta no lado oposto do recinto.

— Arthur! Você está bem! — exclamou a voz.

— Estou mesmo? — perguntou Arthur, um tanto assustado. — Que bom.

A luz era pouca, e demorou algum tempo para que ele reconhecesse Ford, Trillian e Zaphod, sentados em volta de uma mesa em que se via uma bela refeição: pratos exóticos, doces estranhos e frutas bizarras. Os três estavam tirando a barriga da miséria.

— O que aconteceu com vocês? — perguntou Arthur.

— Bem — disse Zaphod, atacando um músculo grelhado —, os nossos anfitriões nos deixaram inconscientes com um gás, depois bagunçaram totalmente todos os nossos sentidos, agiram de várias formas estranhas e agora, pra compensar, estão nos oferecendo um senhor jantar. Tome — disse, estendendo um pedaço de carne malcheirosa que

284

estava numa tigela –, prove esta costeleta de rinoceronte de Vegan. Pra quem gosta, é uma iguaria.

– Anfitriões? – exclamou Arthur. – Que anfitriões? Não estou vendo nenhum...

Uma vozinha então falou:

– Seja bem-vindo, terráqueo.

Arthur olhou para a mesa e soltou uma interjeição de asco.

– Argh! Tem ratos na mesa!

Houve um silêncio constrangedor; todos dirigiram olhares significativos a Arthur.

Ele olhava para os dois ratos brancos que estavam dentro de objetos semelhantes a copos de uísque. Percebeu o silêncio e olhou para as caras de seus companheiros.

– Ah! – exclamou, entendendo tudo de repente. – Desculpe, é que eu não estava preparado pra...

– Permita-me lhe apresentar Benjy – disse Trillian.

– Prazer – disse um dos ratos, tocando com os bigodes o que devia ser um painel sensível ao tato no interior do recipiente de vidro, o qual avançou um pouco.

– E esse aqui é Frankie.

– Muito prazer – disse o outro rato, e seu recipiente também avançou.

Arthur estava boquiaberto.

– Mas esses não são...?

285

— São eles — disse Trillian. — São os ratos que eu trouxe da Terra.

Ela encarou Arthur, e ele julgou perceber em seu olhar uma sutil expressão de resignação.

— Me passa essa tigela de megamula arcturiana gratinada, sim? — pediu ela.

Slartibartfast pigarreou discretamente.

— Ah, com licença... — disse ele.

— Sim, obrigado, Slartibartfast — disse Benjy, seco.

— Você pode se retirar.

— O quê? Bem... ah, está bem — disse o velho, um pouco desconcertado.

— Vou trabalhar nos meus fiordes.

A MEGAMULA ARCTURIANA

O GUIA DO MOCHILEIRO DAS GALÁXIAS

— A propósito, isso não é mais necessário — disse Frankie.
— Creio que não vamos mais precisar da Nova Terra. — Revirou os olhinhos rosados. — Porque encontramos um nativo do planeta que estava lá segundos antes de sua destruição.

— O quê? — exclamou Slartibartfast, atônito. — Não pode ser! Tenho mil geleiras prontas pra avançar sobre a África!

— Bem, talvez você possa tirar umas férias pra esquiar antes de desmontá-las — disse Frankie, irônico.

— Esquiar? — exclamou o velho. — Essas geleiras são verdadeiras obras de arte! Contornos elegantes, picos altíssimos de gelo, desfiladeiros majestosos! Esquiar numa obra-prima dessas seria um sacrilégio!

— Obrigado, Slartibartfast — disse Benjy com firmeza. — Assunto encerrado.

— Sim, senhor — disse o velho, com frieza. — Muito obrigado. Bem, adeus, terráqueo — disse para Arthur. — Espero que dê um jeito no seu estilo de vida.

Com um leve aceno para os outros, o velho saiu do recinto, cabisbaixo.

Arthur apenas o viu sair, sem saber o que dizer.

— Bem — disse Benjy —, vamos ao que interessa.

Ford e Zaphod fizeram tintim com seus copos.

— Ao que interessa! — disseram.

— Como assim? — perguntou Benjy.

Ford olhou ao redor.

287

— Desculpe, pensei que estivesse propondo um brinde — disse ele.

Os ratos se remexeram com impaciência dentro de seus recipientes de vidro. Então se aquietaram, e Benjy avançou para falar com Arthur.

— Criatura da Terra — disse —, a situação é a seguinte: como você sabe, há dez milhões de anos que administramos o seu planeta para descobrir essa maldita Questão Fundamental.

— Por quê? — indagou Arthur.

— Não, essa aí já descartamos — disse Frankie, interrompendo — porque não bate com a resposta. *Por quê? Quarenta e dois...* Como você vê, não faz sentido.

— Não é isso — explicou Arthur. — Eu perguntei por que vocês querem saber isso.

— Ah — exclamou Frankie. — Bem, pra ser absolutamente franco, só por força do hábito, creio eu. E acho que a questão é mais ou menos esta: já estamos de saco cheio dessa história toda, e a ideia de ter que começar do zero outra vez por causa daqueles panacas dos vogons realmente é demais, sacou? Foi por mero acaso que Benjy e eu terminamos a tarefa específica de que estávamos encarregados e saímos do planeta pra tirar umas feriazinhas, e conseguimos dar um jeito de voltar a Magrathea graças aos seus amigos.

— Magrathea é um dos portais que dão acesso à nossa dimensão — explicou Benjy.

— E recentemente — prosseguiu o outro roedor — recebemos uma proposta irrecusável de participar de uma mesa-redonda na quinta dimensão e dar umas palestras lá na nossa terra, e estamos inclinados a aceitar.

— Eu aceitaria, se me convidassem; você não aceitaria, Ford? — perguntou Zaphod.

— Ah, claro, na mesma hora — disse Ford.

Arthur olhava para eles, sem saber aonde aquilo ia dar.

— Só que a gente não pode ir de mãos abanando — disse Frankie. — Ou seja: temos que descobrir a Questão Fundamental de algum modo.

Zaphod se debruçou, chegando mais perto de Arthur.

— Imagine só — disse ele — se eles estão lá no estúdio, muito tranquilos, dizendo que sabem qual é a Resposta à Questão da Vida, o Universo e Tudo Mais, e depois têm que admitir que a Resposta é 42. O programa vai acabar ali mesmo. Não dá pra espichar o programa, entendeu?

— A gente tem que ter alguma coisa que soe bem — disse Benjy.

— Uma coisa que *soe bem!* — exclamou Arthur. — Uma Questão Fundamental que soe bem? Formulada por dois ratos?

Os ratos se irritaram.

DOUGLAS ADAMS

— Olhe — disse Frankie —, essa história de idealismo, de dignidade da pesquisa pura, da busca pela verdade em todas as suas formas, está tudo muito bem, mas chega uma hora que você começa a desconfiar que, se existe uma verdade realmente verdadeira, é o fato de que toda a infinidade multidimensional do Universo é, com certeza quase absoluta, governada por loucos varridos. E, entre gastar mais dez milhões de anos pra descobrir isso ou então faturar em cima do que já temos, eu fico tranquilamente com a segunda opção.

— Mas... — começou Arthur, desanimado.

— Você vai entender, terráqueo — disse Zaphod. — Você é um produto de última geração daquela matriz de computador, certo? E você estava lá na Terra até o instante em que o planeta foi exterminado, não é?

— Bem...

— Assim, o seu cérebro estava organicamente integrado à penúltima configuração do programa do computador — disse Ford, e admirou a clareza da própria explicação.

— Certo? — perguntou Zaphod.

— É — disse Arthur, hesitante. Ele jamais havia se sentido organicamente integrado a coisa nenhuma. Sempre achara que esse era um de seus problemas.

— Em outras palavras — disse Benjy, fazendo com que seu curioso veículo se aproximasse de Arthur —, é bem provável

290

O GUIA DO MOCHILEIRO DAS GALÁXIAS

que a estrutura da pergunta esteja codificada na estrutura de sua mente, e por isso queremos comprá-la de você.

— O quê? A pergunta? — indagou Arthur.

— É — responderam Ford e Trillian.

— Por uma nota preta — disse Zaphod.

— Não, não — explicou Frankie —, o que a gente quer comprar é o seu cérebro.

— O quê?

— Mas que falta vai fazer? — perguntou Benjy.

— Eu entendi você dizer que sabiam ler o cérebro dele eletronicamente — protestou Ford.

— É claro que sabemos — disse Frankie —, só que primeiro a gente tem que retirá-lo do lugar. Tem que ser preparado.

— Tratado — disse Benjy.

— Cortado em pedaços.

— Obrigado — gritou Arthur, inclinando a cadeira para trás para se afastar da mesa, horrorizado.

— Se você achar isso importante — disse Benjy, razoável —, a gente coloca outro no lugar.

— É, um cérebro eletrônico — disse Frankie —, bastaria um bem simples.

— Bem simples! — gemeu Arthur.

— É — disse Zaphod, com um sorriso maldoso —, era só programá-lo para dizer *O quê?*, *Não entendi* e *Cadê o chá?*. Ninguém ia notar a diferença.

291

— O quê? — exclamou Arthur, afastando-se ainda mais.

— Está vendo? — disse Zaphod, e urrou de dor por causa de algo que Trillian fez naquele momento.

— Pois eu notaria a diferença — disse Arthur.

— Não — disse Frankie —, porque você seria programado pra não notar.

Ford saiu em direção à porta.

— Vocês me desculpem, meus caros ratos, mas, pelo visto, nada feito.

— Creio que essa posição é inaceitável — disseram os ratos em coro; suas vozinhas finas perderam todo e qualquer toque de cordialidade. Com um zumbido agudo, os dois recipientes de vidro se levantaram da mesa e partiram em direção a Arthur, que ficou encurralado num canto do recinto, absolutamente incapaz de fazer alguma coisa, ou mesmo de pensar em alguma coisa.

Trillian o agarrou pelo braço, em desespero, e tentou arrastá-lo em direção à porta, que Ford e Zaphod estavam tentando abrir, mas Arthur era um peso morto. Parecia hipnotizado pelos roedores voadores que se aproximavam dele.

Trillian gritou, mas ele continuou abestalhado.

Com um último safanão, Ford e Zaphod conseguiram abrir a porta. Lá fora havia uma pequena multidão de homens mal-encarados, que, aparentemente, era o pessoal que fazia os serviços sujos em Magrathea. Não apenas

O GUIA DO MOCHILEIRO DAS GALÁXIAS

eram mal-encarados, mas também traziam equipamentos cirúrgicos bem assustadores. Os homens atacaram.

Assim, a cabeça de Arthur ia ser aberta, Trillian não conseguia ajudá-lo, e Ford e Zaphod iam ser atacados por um bando de brutamontes bem mais fortes e armados do que eles.

Portanto, foi bem a calhar que, naquele exato momento, todos os alarmes do planeta tenham soado ao mesmo tempo, fazendo uma barulheira infernal.

32

– *Emergência! Emergência!* – ouvia-se em todo o planeta. – *Nave inimiga pousou no planeta. Invasores armados na seção 8A. Postos de defesa, postos de defesa!*

Os dois ratos fungavam, irritados, cercados dos cacos de seus recipientes de vidro, quebrados, no chão.

– Droga – disse o rato Frankie. – Tanta confusão por causa de um quilo de cérebro de terráqueo. – Seus olhos rosados estavam cheios de cólera; seu belo pelo branco estava eriçado de eletricidade estática.

– A única saída agora – disse Benjy, acocorado e coçando os bigodes pensativamente – é tentar inventar uma pergunta que pareça plausível.

– Vai ser difícil – disse Frankie. – Que tal... *O que é, o que é, que é amarelo e perigoso?*

Benjy pensou por alguns instantes.

– Não, não serve – disse. – Não casa com a resposta.

Por alguns segundos, permaneceram em silêncio.

– Está bem – disse Benjy. – *Quanto dá seis vezes sete?*

O GUIA DO MOCHILEIRO DAS GALÁXIAS

— Não, muito literal, muito objetivo — disse Frankie. —
Não vai despertar o interesse do público.

Pensaram mais um pouco.

Então Frankie disse:

— Que tal *Quantos caminhos é preciso caminhar?**

— Arrá! — exclamou Benjy. — Essa parece promissora! —
Repetiu a frase, saboreando-a. — É, essa é excelente mesmo!
Parece uma coisa muito importante, mas, ao mesmo tempo, não quer dizer nada de muito específico. *Quantos caminhos é preciso caminhar? Quarenta e dois.* Excelente, excelente!
Com essa a gente enrola todo mundo. Frankie, meu rapaz,
estamos feitos!

E dançaram entusiasmados.

Perto deles, no chão, havia alguns homens mal-encarados que tinham sido golpeados na cabeça com pesados
troféus de acrílico.

A 1 quilômetro dali, quatro figuras corriam por um corredor, tentando achar uma saída. Saíram numa sala espaço-
sa cheia de portas onde havia um terminal de computador.
Olharam ao redor, confusos.

— Pra onde vamos, Zaphod? — perguntou Ford.

— Eu chutaria por ali — respondeu ele, correndo entre

---

* No original, *How many roads must a man walk down,* primeiro verso de *Blo-
win' in the Wind,* canção de Bob Dylan. (N. do T.)

o terminal e a parede. Antes que os outros o seguissem, Zaphod parou imediatamente quando uma faísca de Raio-da-Morte estalou alguns centímetros à sua frente, fritando um pedaço da parede.

Ouviu-se uma voz forte ampliada dizendo:

— Pare aí mesmo, Beeblebrox. Você está encurralado.

— Os tiras! — sibilou Zaphod, acocorando-se e se virando para trás. — Você tem alguma sugestão, Ford?

— Por aqui — propôs Ford, e os quatro se enfiaram numa passagem entre dois painéis do terminal.

No final da passagem havia uma figura com um traje espacial à prova de qualquer projétil, com uma tremenda arma de Raio-da-Morte na mão.

— Não queremos atirar em você, Beeblebrox! — gritou a figura.

— Ótimo! — gritou Zaphod, e se colocou entre duas unidades de processamento de dados.

Os outros foram atrás dele.

— Eles são dois — disse Trillian. — Estamos encurralados.

Espremeram-se entre um grande banco de dados e a parede.

Prenderam a respiração e esperaram.

De repente, o ar foi riscado por raios; os dois policiais estavam atirando neles ao mesmo tempo.

— Vejam, estão atirando na gente — disse Arthur, todo encolhido. — Eles não disseram que não queriam fazer isso?

— É, foi o que eu entendi também — concordou Ford.

Zaphod esticou a cabeça para fora do esconderijo, corajosamente.

— Ei — disse ele —, vocês não disseram que não queriam atirar na gente?

E se escondeu de novo.

Esperaram.

Após um momento, uma voz respondeu:

— Ser policial não é mole!

— Que foi que ele disse? — cochichou Ford, espantado.

— Disse que ser policial não é mole.

— Bem, mas isso é problema dele, não é?

— A meu ver, é.

— Escutem — gritou Ford. — Acho que nós já temos problemas suficientes sem que vocês fiquem atirando em nós. Então, se vocês parassem de descarregar as *suas* frustrações em cima de nós, acho que seria melhor pra todo mundo!

Uma pausa, depois a voz amplificada ecoou novamente:

— Escute aqui, cara, não pense que a gente é que nem esses retardados que só sabem puxar gatilho, com olhar vazio, que nem sabem conversar direito! Nós somos uns caras inteligentes, decentes, e se vocês nos conhecessem melhor até gostariam de nós! Eu não ando por aí dando tiros a torto

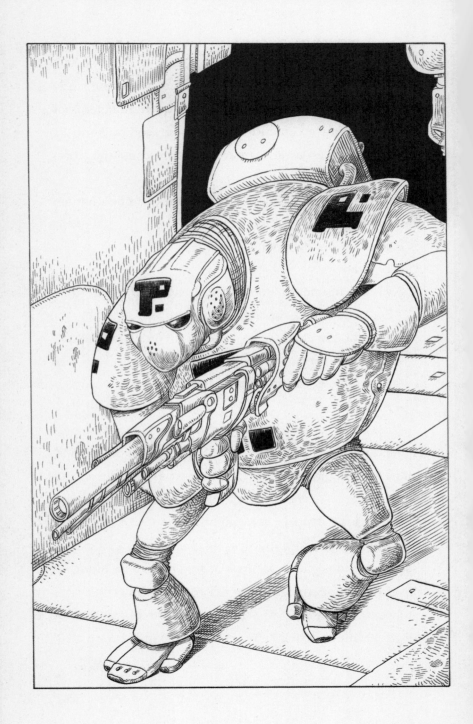

e a direito e depois saio contando vantagem pelos botecos da Galáxia, como muitos policiais que conheço! Eu saio por aí dando tiros a torto e a direito, só que depois morro de arrependimento e conto tudo pra minha namorada!

— E eu escrevo romances! — disse o outro policial. — Se bem que ainda não consegui publicar nenhum deles. Quer dizer, é bom vocês saberem que hoje estou com um humor terrível!

Os olhos de Ford quase saltaram das órbitas.

— Qual é a desses caras? — perguntou.

— Sei lá — disse Zaphod. — Eu gostava mais deles quando estavam só dando tiros.

— Então, vocês vão sair daí por bem ou vai ter que ser na porrada? — gritou um dos policiais.

— O que você preferir — gritou Ford.

Um milissegundo depois, as armas de Raio-da-Morte encheram a sala de relâmpagos, que atingiram em cheio o terminal de computador atrás do qual os quatro estavam escondidos.

O tiroteio continuou por algum tempo, com uma intensidade insuportável.

Quando parou, seguiram-se alguns segundos de quase silêncio e os ecos foram morrendo.

— Vocês ainda estão aí? — gritou um dos policiais.

— Estamos — gritaram eles.

DOUGLAS ADAMS

— Nós não gostamos nem um pouco de ter que fazer isso
— gritou o outro policial.

— Deu pra perceber — gritou Ford.

— Agora, preste atenção no que vou dizer, Beeblebrox,
mas preste atenção mesmo!

— Por quê? — gritou Zaphod.

— Porque vou dizer uma coisa muito inteligente, interessante e humana! Bem, ou vocês se entregam agora e
deixam a gente dar umas porradinhas em vocês, só um
pouquinho, é claro, porque nós somos totalmente contra a
violência desnecessária, ou então a gente explode este planeta todo e talvez mais um ou dois que nós vimos quando
viemos pra cá!

— Mas isso é loucura! — exclamou Trillian. — Vocês não
podem fazer isso!

— A gente não pode? — gritou o policial. — Não pode? —
perguntou ele ao outro.

— A gente pode e deve, não tenha dúvida — gritou o
outro.

— Mas por quê? — perguntou Trillian.

— Porque tem coisas que a gente tem que fazer, mesmo
sendo policiais liberais esclarecidos, cheios de sensibilidade
e o cacete!

— Esses caras não existem! — murmurou Ford, balançando a cabeça.

300

O GUIA DO MOCHILEIRO DAS GALÁXIAS

Um dos policiais gritou para o outro:

— E aí, vamos dar mais uns tirinhos neles?

— É uma!

Outra tempestade elétrica.

O calor e o barulho eram fantásticos. Lentamente, o terminal de computador foi se desintegrando. A parte da frente já tinha se dissolvido quase toda, e riachos espessos de metal derretido se aproximavam do canto em que os quatro estavam escondidos. Eles se encolheram ainda mais e esperaram pelo fim.

33

Mas o fim não veio. Pelo menos não naquela hora. De repente, os raios cessaram e, no silêncio repentino que se seguiu, ouviram-se gritos guturais e dois baques surdos.

Os quatro se entreolharam.

— O que houve? — perguntou Arthur.

— Eles pararam — disse Zaphod, dando de ombros.

— Por quê?

— Sei lá! Quer ir lá e perguntar a eles?

— Não.

Esperaram.

— Ei! — gritou Ford.

Nada.

— Estranho.

— Pode ser uma armadilha.

— Eles são burros demais pra isso.

— Aqueles baques, o que foi aquilo?

— Não sei.

O GUIA DO MOCHILEIRO DAS GALÁXIAS

Esperaram mais alguns segundos.

– Eu vou lá ver – disse Ford. Olhou para os outros e acrescentou: – Será que ninguém vai dizer: *Não, você não, deixe que eu vou?*

Os outros três balançaram a cabeça.

– Nesse caso... – disse ele, levantando-se.

Por um momento, não aconteceu nada.

Então, alguns segundos depois, continuou a não acontecer nada. Ford olhou para a fumaça espessa que saía do computador destruído.

Cuidadosamente, saiu do esconderijo.

Continuou não acontecendo nada.

Vinte metros adiante, ele pôde entrever em meio à fumaça o vulto de um dos policiais em sua roupa espacial. Estava encolhido no chão. A 20 metros dele, no outro lado da sala, estava o outro. Não havia mais ninguém.

Ford achou isso extremamente estranho.

Lenta e nervosamente, aproximou-se do primeiro policial. O corpo estava perfeitamente imóvel quando ele se aproximou e permaneceu perfeitamente imóvel quando ele colocou o pé sobre a arma de Raio-da-Morte que o cadáver ainda tinha na mão.

Abaixou-se e pegou a arma, sem encontrar nenhuma resistência.

O policial estava indubitavelmente morto.

303

Ford o examinou rapidamente e constatou que ele era de Kappa de Blagulon — um ser que respirava metano e que só poderia sobreviver na rarefeita atmosfera de oxigênio existente em Magrathea com seu traje espacial.

O pequeno sistema computadorizado em sua mochila, que lhe permitia sobreviver naquele planeta, parecia ter explodido inesperadamente.

Ford observou-o, profundamente intrigado. Esses minicomputadores costumavam funcionar ligados ao com-

putador central que ficava na nave e com o qual eles permaneciam ligados através do Subeta. O sistema era completamente seguro, a menos que houvesse uma falha completa do sistema de retroalimentação, o que jamais acontecera.

Ford correu até o outro cadáver e descobriu que exatamente a mesma coisa impossível havia acontecido com ele. E, pelo que tudo indicava, exatamente na mesma hora.

Ford chamou os outros para olharem também. Eles foram, manifestaram o mesmo espanto, mas não a mesma curiosidade.

— Vamos sair daqui — disse Zaphod. — Se a coisa que estou procurando está mesmo aqui, seja lá o que ela for, não quero mais saber dela.

Zaphod agarrou a segunda arma, fulminou um computador de contabilidade absolutamente inofensivo e saiu correndo pelo corredor; os outros foram atrás. Quase atirou também num aeromóvel que os esperava perto dali.

O veículo estava vazio, mas Arthur o reconheceu: era de Slartibartfast.

No painel de controle, que tinha poucos controles, aliás, havia um recado do proprietário. No papel havia uma seta apontando para um dos botões do painel e os seguintes dizeres: *Este é provavelmente o melhor botão para vocês apertarem.*

34

O aeromóvel, a uma velocidade acima de R17, percorreu os túneis forrados de aço e os levou de volta à aterradora superfície do planeta, onde mais uma vez raiava uma melancólica madrugada. Uma luz cinzenta e fantasmagórica se congelava sobre a superfície do planeta.

R é uma unidade de velocidade definida como uma velocidade razoável para se viajar, compatível com a saúde física e mental dos viajantes e garantindo um atraso não maior do que cinco minutos, mais ou menos. É, por conseguinte, uma grandeza quase infinitamente variável, que depende das circunstâncias, já que os dois primeiros fatores variam não apenas em função da velocidade absoluta do veículo, mas também em função da consciência do terceiro fator. A menos que seja abordada com tranquilidade, essa equação pode resultar em estresse, úlceras e até mesmo morte.

R17 não é uma velocidade definida, mas é sem dúvida excessivamente alta.

O GUIA DO MOCHILEIRO DAS GALÁXIAS

O aeromóvel saiu do túnel a mais de R17, largou seus passageiros ao lado da nave *Coração de Ouro*, que se destacava daquele chão congelado como se fosse um osso ressecado, e mais que depressa voltou para as bandas de onde eles tinham saído, para cuidar da própria vida.

Trêmulos, os quatro encararam a nave.

Ao lado dela estava pousada uma outra.

Era uma nave policial de Kappa de Blagulon. Parecia um tubarão inchado, verde-ardósia, coberto de letras negras dos mais variados tamanhos, todas igualmente antipáticas. A inscrição informava a todos os interessados de onde era aquela nave, qual a seção da polícia que a utilizava e onde deviam ser feitas as conexões de força.

De algum modo, parecia anormalmente escura e silenciosa, mesmo sabendo-se que sua tripulação de dois membros estava naquele momento morta por asfixia numa câmara enfumaçada muitos quilômetros abaixo da superfície. É uma dessas coisas curiosas que não há como explicar nem definir, mas o fato é que dá para sentir quando uma nave está completamente morta.

Ford sentia isso e achava tudo muito misterioso — a nave e seus dois tripulantes pareciam ter morrido espontaneamente. De acordo com sua experiência, o Universo simplesmente não funciona assim.

Os outros três também sentiam isso, mas sentiam ainda

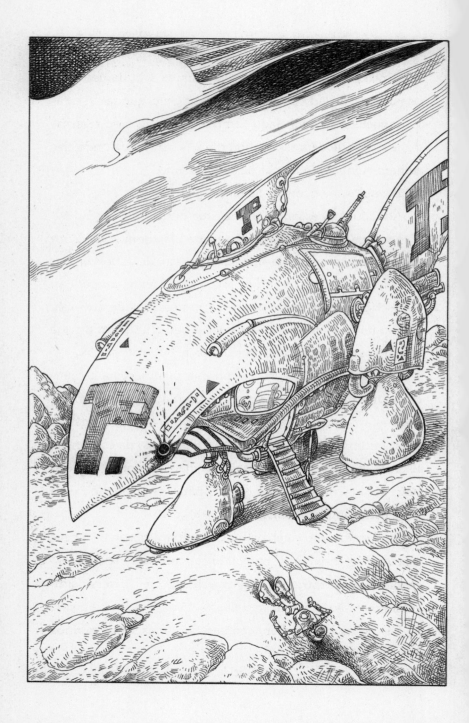

O GUIA DO MOCHILEIRO DAS GALÁXIAS

mais o frio desgraçado que estava fazendo, e correram para dentro da *Coração de Ouro*, com um forte ataque de ausência de curiosidade.

Ford ficou lá fora e resolveu examinar a nave de Blagulon. Enquanto caminhava, quase tropeçou numa figura inerte, deitada de bruços na poeira fria.

— Marvin! — exclamou ele. — O que você está fazendo?

— Não fique achando que você tem obrigação de se importar comigo, por favor — disse Marvin, com uma voz monótona e abafada.

— Mas como é que você está, sua lata velha? — perguntou Ford.

— Deprimidíssimo.

— O que aconteceu?

— Eu nem sabia que tinha acontecido alguma coisa — disse Marvin.

— Por que — indagou Ford, acocorando-se ao lado do robô, tremendo de frio — você está deitado de bruços na poeira?

— Pra quem está com o astral lá embaixo, é um prato cheio — disse Marvin. — Não finja que você está com vontade de falar comigo. Eu sei que você me odeia.

— De jeito nenhum.

— Odeia, sim, você e todo mundo. Faz parte da estrutura do Universo. É só eu falar com uma pessoa que na mesma

309

DOUGLAS ADAMS

hora ela me odeia. Até os robôs me odeiam. É só você me ignorar que eu provavelmente vou desaparecer do mapa.

O robô se levantou e ficou olhando para o outro lado, irredutível.

— Aquela nave me odiava — disse, apontando para a nave policial.

— Aquela nave? — perguntou Ford, subitamente animado. — O que aconteceu com ela? Você está sabendo?

— Ela passou a me detestar porque falei com ela.

— Você *falou* com ela? Como assim?

— Muito simples. Eu estava muito entediado e deprimido, e aí me liguei na entrada externa do computador. Conversei por muito tempo com o computador e expliquei a ele a minha concepção do Universo — disse Marvin.

— E o que aconteceu? — insistiu Ford.

— Ele se suicidou — disse Marvin, e foi caminhando em direção à *Coração de Ouro*.

35

Naquela noite, quando a *Coração de Ouro* já estava a alguns anos-luz da nebulosa da Cabeça de Cavalo, Zaphod descansava debaixo da palmeirinha da ponte de comando, tentando consertar o cérebro com doses maciças de Dinamite Pangaláctica; Ford e Trillian discutiam num canto sobre a vida e questões correlatas; e Arthur, deitado na cama, folheava *O Guia do Mochileiro das Galáxias*. "Como ia ter que viver na tal da Galáxia, o jeito era aprender alguma coisa sobre ela", pensou.

Encontrou o seguinte verbete:

"A história de todas as grandes civilizações galácticas tende a atravessar três fases distintas e identificáveis — as da sobrevivência, da interrogação e da sofisticação, também conhecidas como as fases do como, do porquê e do onde.

Por exemplo, a primeira fase é caracterizada pela pergunta: Como vamos poder comer?

A segunda, pela pergunta: Por que comemos?

E a terceira, pela pergunta: Onde vamos almoçar?"

Nesse momento o interfone da nave soou.

— Ô terráqueo! Está com fome, garoto? — Era a voz de Zaphod.

— É, seria legal comer alguma coisa — disse Arthur.

— Então se segure — disse Zaphod — que a gente vai dar uma paradinha no Restaurante no Fim do Universo.

LISTA DE PERSONAGEN

1. Noreen, editor assistente de uma grande editora da Ursa Menor.
2. Alan, dos mares de Santragino V.
3. Rusty, um jovem minerador de madranita de Beta de Órion.
4. Androide T42, da Companhia Cibernética de Sirius.
5. Mandrool, dos pântanos de Falia.
6. Binky, do departamento local de planejamento, em Alfa do Centauro.
7. Uma aranha do governo.
8. Um nativo de Squornshellous.
9. Frondes do rio Moth.
10. Os fabulons, de Alfa Próxima.
11. Um nativo da terra de Poghril, no sistema de Pansel.
12. Pete Crocante, dos mares de Damogran.
13. Um maximegalacticiano verde silfoide.

O VERSO DA CAPA

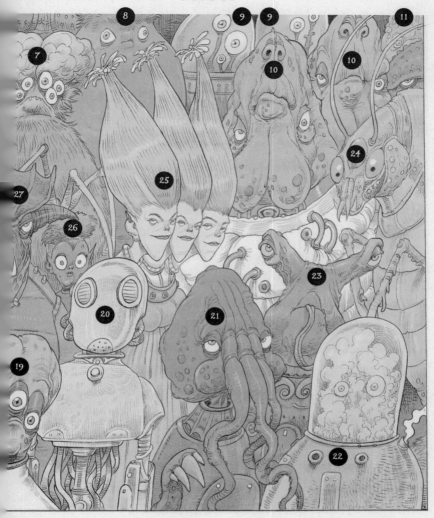

14. Uma enorme criatura peluda do planeta Traal.
15. Um fissucturalista octópode.
16. Trina, de Beta de Jagla.
17. Adoradores do sol algolianos.
18. Micky Três-Olhos, do aglomerado de Megabrantis.
19. Um nativo das sombrias Zonas Qualactinas.
20. Um Ruminador Titânico Perspieutrônico Multicorticoide.
21. Um poggle do planeta Kria.
22. O Meditamático.
23. Nigel, da estrela de Barnard.
24. O megagafanhoto de Antares.
25. As trigêmeas Gourd, de Eroticon 6.
26. Rita, a recepcionista do planeta Bethselamin.
27. Billy Dois-Chifres, de Kakrafoon.
28. Rudy, o atomeiro reptiloide.

Sobre o autor

DOUGLAS ADAMS criou várias e contraditórias versões de *O Guia do Mochileiro das Galáxias*: programa de rádio e TV, jogos de computador, peças de teatro, história em quadrinhos e toalha de banho. Ele nasceu em Cambridge e viveu com sua esposa e filha em Islington, Londres, antes de se mudar para Santa Bárbara, Califórnia, onde morreu repentinamente em 2001.

Sobre o ilustrador

CHRIS RIDDELL é artista gráfico, escritor e cartunista político do *The Observer*. Seus livros já ganharam vários prêmios importantes, como a medalha Kate Greenaway, em 2001, 2004 e 2016, e o Costa Children's Book Award, em 2013. Riddell foi nomeado Oficial da Ordem do Império Britânico em reconhecimento ao seu trabalho como ilustrador e às suas ações de caridade. Ele mora em Brighton com a família.

CONHEÇA OUTROS LIVROS
DE DOUGLAS ADAMS

O restaurante no fim do universo

A continuação das incríveis aventuras de Arthur Dent e seus quatro amigos através da Galáxia começa a bordo da nave *Coração de Ouro*, rumo ao restaurante mais próximo. Mal sabem eles que farão uma viagem no tempo, cujo desfecho será simplesmente incrível.

O segundo livro da série de Douglas Adams, que começou com o surpreendente *O Guia do Mochileiro das Galáxias*, mostra os cinco amigos vivendo as mais inesperadas confusões numa história cheia de sátira, ironia e bom humor.

A vida, o universo e tudo mais

Este é o terceiro volume da "trilogia de quatro livros" de Douglas Adams, um dos mais cultuados escritores de ficção científica de todos os tempos. Seu humor corrosivo e sua habilidade em criar situações improváveis tornam seus livros indispensáveis para qualquer um que tenha capacidade de debochar de si mesmo.

Usando o planeta Krikkit como paródia da nossa sociedade e das guerras raciais, Adams cria uma história divertida, inteligente e repleta dos mais inusitados significados sobre a vida, o universo e tudo mais.

Até mais, e obrigado pelos peixes

Depois de viajar pelo Universo, ver o aniquilamento da Terra, participar de guerras interestelares e conhecer as mais extraordinárias criaturas, Arthur está de volta ao seu planeta. Tudo parece igual, mas ele descobre que algo muito estranho aconteceu na sua ausência. Curioso com o fato e apaixonado por uma garota tão estranha quanto o que quer que tenha acontecido, ele parte em busca de uma explicação.

Intercalando momentos cômicos com imagens e descrições altamente poéticas, *Até mais, e obrigado pelos peixes!* leva os leitores a conhecerem situações altamente improváveis e a viver momentos de reflexão e de pura diversão.

Praticamente inofensiva

Este livro é tão polêmico quanto seu criador. Muitos o consideram o último volume da série O mochileiro das galáxias e outros afirmam tratar-se de um título independente, que apenas utiliza os mesmos personagens.

Situações hilárias, personagens imprevisíveis, descrições poéticas e paisagens surrealistas se mesclam com perfeição, resultando numa trama cheia de suspense, comédia e filosofia. Depois de muitos anos, Arthur Dent, Tricia McMillan e Ford Prefect se reencontram. Mas o que deveria ser uma festejada reunião de velhos amigos se transforma numa terrível confusão que põe em risco a vida de todos.

CONHEÇA OS LIVROS DE DOUGLAS ADAMS

O Guia do Mochileiro das Galáxias

O Restaurante no Fim do Universo

A Vida, o Universo e Tudo Mais

Até Mais, e Obrigado pelos Peixes!

Praticamente Inofensiva

O Salmão da Dúvida

Agência de Investigações Holísticas Dirk Gently

A Longa e Sombria Hora do Chá da Alma

O Guia Definitivo do Mochileiro das Galáxias

O Guia do Mochileiro das Galáxias Ilustrado

Para saber mais sobre os títulos e autores da Editora Arqueiro,
visite o nosso site e siga as nossas redes sociais.
Além de informações sobre os próximos lançamentos,
você terá acesso a conteúdos exclusivos
e poderá participar de promoções e sorteios.

editoraarqueiro.com.br